UNIVERSALE
ECONOMICA
FELTRINELLI

# CHARLES BUKOWSKI
Quando eravamo giovani
Poesie I

Nuova traduzione di Simona Viciani

Testo originale a fronte

Titolo dell'opera originale
BONE PALACE BALLET: NEW POEMS
(parte prima)
Copyright © 1977 by Linda Lee Bukowski
All rights reserved
Reprinted by arrangement with Ecco, an imprint
of HarperCollins Publishers

Traduzione dall'inglese di
SIMONA VICIANI

© Giangiacomo Feltrinelli Editore Milano
Prima edizione nell'"Universale Economica" marzo 1999
Prima edizione in nuova traduzione nell'"Universale Economica"
gennaio 2015

Stampa Nuovo Istituto Italiano d'Arti Grafiche - BG

ISBN 978-88-07-88601-0

www.feltrinellieditore.it
Libri in uscita, interviste, reading,
commenti e percorsi di lettura.
Aggiornamenti quotidiani

Al Dottor Ellis

***AS YOUNG
AS WE WERE EVER
GOING TO GET***

GIOVANI COSÌ NON LO SAREMMO PIÙ STATI

God's man

*we were 10 or 11 years old
when we went to see the
priest.*

*we knocked.
a fat, frumpy woman
answered the door.
"yes?" she asked.*

*"we want to see the
priest," one of us
said. I think it was Frank
who said
it.*

*"Father," the woman
turned her head,
"some boys want to
see you."*

*"tell them to come
in," said the
priest.*

*"follow me," said the
fat, frumpy lady.*

*we followed her.
the priest was in his
study.
he was behind his
desk.*

uomo di Dio

avevamo 10 o 11 anni
quando siamo andati a trovare il
prete.

avevamo bussato.
una donna grassa, sciatta
era venuta ad aprirci.
"sì?" aveva chiesto.

"vogliamo vedere il
prete," aveva detto
uno di noi. credo sia stato Frank
a
dirlo.

"Padre," la donna
aveva girato la testa,
"dei ragazzi vogliono
vederla."

"di' loro di
entrare," aveva detto il
prete.

"seguitemi," aveva detto
la donna grassa, sciatta.

l'avevamo seguita.
il prete era nel suo
studio.
era dietro alla
scrivania.

he pushed some papers aside.

"yes, boys?"

the lady left the room.

"well," I said.

"well," said Frank.

"yes, boys, go ahead..."

"well," said Frank, "we wondered if God was really there."

the Father smiled.

"but, of course, He is."

"but where is He?" I asked.

"haven't you boys studied your catechism? God is Everywhere."

"oh," said Frank.

"thank you, Father, we just wanted to know," I said.

"it's quite all right, boys; I'm glad you asked."

"thank you, Father," said Frank.

aveva spostato alcuni documenti
da una parte.

"dunque, ragazzi?"

la donna era uscita dalla
stanza.

"be'," avevo detto io.

"be'," aveva detto Frank.

"su, ragazzi, ditemi pure…"

"be'," aveva detto Frank, "ci
chiedevamo se Dio c'è
per davvero."

il Padre aveva sorriso.

"ma sì, certo, Lui
c'è."

"ma Lui dov'è?"
avevo chiesto io.

"ragazzi miei, non avete
studiato catechismo?
Dio è Ovunque."

"oh," aveva detto Frank.

"grazie, Padre,
volevamo solo
saperlo," avevo detto io.

"di nulla,
ragazzi, sono contento che l'abbiate
chiesto."

"grazie, Padre,"
aveva detto Frank.

*we both did little
bows, then
turned
and walked out of
the room.*

*the fat, frumpy lady
was waiting.
she led us down the
hall and to the
door.*

*we walked along the
street.*

*"I wonder if he's
fucking her?" Frank
asked.*

*I looked around for God,
then answered,
"of course, he isn't."*

*"but what does he do
when he gets
excited?"
asked Frank.*

*"he probably prays,"
I said.*

*"it's not the same
thing," said Frank.*

*"he has God," I said,
"he doesn't need
that."*

*"I think he's fucking
her," said Frank.*

"oh yeah?"

avevamo fatto dei piccoli
inchini, ci eravamo
girati
ed eravamo usciti
dalla stanza.

la donna grassa, sciatta
ci stava aspettando.
ci ha accompagnati lungo il
corridoio fino alla
porta.

camminavamo per la
strada.

"chissà se
la scopa?" aveva chiesto
Frank.

mi ero guardato intorno per vedere se c'era Dio,
poi avevo risposto,
"no, di sicuro non lo fa".

"ma cosa fa
quando è
eccitato?"
aveva chiesto Frank.

"probabilmente prega,"
avevo detto io.

"non è la stessa
cosa," aveva detto Frank.

"lui ha Dio," avevo detto io,
"non ha bisogno di
quello."

"per me se la
scopa," aveva detto Frank.

"ah, sì?"

*"yeah.
why don't we go back
and ask him?"*

*"you go back and ask
him," I said. "you're
the one who's
curious.*

*"I'm afraid to,"
said Frank.*

*"you're afraid of God,"
I said.*

*"well, aren't you?"
he asked.*

"sure."

*we stopped then at a
red light, waiting for
traffic.
neither of us had been
to Mass for
months.
it was boring.
it was more fun
talking to the
priest.*

*the light changed and
we crossed
over.*

"sì.
perché non torniamo
e glielo chiediamo?"

"torna tu e chiediglielo,"
avevo detto, "sei tu
quello
curioso."

"ho paura a farlo,"
aveva detto Frank.

"hai paura di Dio,"
avevo detto.

"be', perché tu non ce l'hai?"
aveva chiesto.

"certo."

a quel punto c'eravamo fermati a
un semaforo rosso, aspettando che passassero
le macchine.
nessuno di noi era stato
a Messa da
mesi.
era una noia.
era più divertente
parlare al
prete.

è scattato il verde e
abbiamo
attraversato.

not normal

*when I was in grammar school
our teacher told us a story
about a sailor
who told the captain,
"the flag? I hope that I never
see the flag again!"
"very well," he was told,
"you will get your
wish!"
and they put him in the
hold of the sailing ship
and kept him there,
sending down his
food
and he died down there
without ever seeing the
flag again.*

*it was a real horror
story for the other children,
very
effective.
but it wasn't quite
as effective with
me.
I sat there thinking,
well, it's too bad
about not seeing the
flag
but the best part was
not having to see the
other people.*

non normale

quando ero alle elementari
la maestra ci aveva raccontato la storia
di un marinaio
che aveva detto al capitano,
"la bandiera? spero di non rivedere
mai più la bandiera!".
"molto bene," gli era stato detto,
"il tuo desiderio sarà
esaudito!"
e l'avevano schiaffato nella
stiva della nave
e l'avevano rinchiuso lì,
mandandogli lì giù il
cibo
ed è morto là sotto
senza mai più rivedere
la bandiera.

era una storia davvero
spaventosa per gli altri bambini,
di grande
impatto.
ma non aveva
lo stesso impatto su di
me.
me ne stavo lì seduto a pensare,
be', è un vero peccato
non vedere la
bandiera
ma la cosa migliore era di
non dover vedere
gli altri.

*I didn't raise my hand to
say anything about that,
though.
that would mean that
I didn't want to see them
either.
which was true.*

*I looked straight forward
at the blackboard
which looked far better
than
any of
them.*

non avevo alzato la mano per
dire la mia sulla faccenda,
comunque.
quello avrebbe significato che
non volevo vedere neanche
loro.
il che era vero.

guardavo dritto
la lavagna
che aveva un aspetto molto più bello
di
ognuno di
loro.

classical

*our English teacher in Jr. High,
Mrs. Gredis, didn't sit behind
her desk, she kept the front
desk empty and she sat on
the top of the front desk
and crossed her legs high and
we saw those long silken
legs, those magical flanks,
that shining warm flesh as she
twisted her ankles and recrossed her legs with those
black high-heeled shoes and
spoke of Hawthorne and
Melville and Poe and others.
we boys didn't hear a word
but English was our favorite
subject and we never spoke
badly of Mrs. Gredis, we didn't
even discuss her among ourselves, we just sat in that
class and looked at Mrs. Gredis
and we knew that our mothers
were not like that or the girls
in the class were not like that
or even the women we saw
on the street were not like that.
nobody was like Mrs. Gredis
and Mrs. Gredis knew that too,
sitting there on that front desk,
perched in front of 20 fourteen-
year-old boys who would never
forget her*

i classici

la nostra insegnante di Inglese alle medie,
Mrs Gredis, non si sedeva dietro
alla cattedra, teneva vuoto il primo
banco e si sedeva sopra
al primo banco
accavallando alte le gambe e
noi vedevamo quelle lunghe gambe
setose, quei fianchi magici,
quella calda carne rilucente mentre lei
faceva ondeggiare le caviglie e riaccavallava le gambe con quelle
scarpe nere dai tacchi alti mentre
parlava di Hawthorne e
di Melville e di Poe e di altri.
noi ragazzi non sentivamo una parola
ma Inglese era la nostra materia
preferita e non parlavamo mai
male di Mrs Gredis, non la
criticavamo neppure col
pensiero, ce ne stavamo lì seduti così in quella
classe a guardare Mrs Gredis
e sapevamo che le nostre madri
non erano così o che le femmine
in classe non erano così
o perfino le donne che vedevamo
per strada non erano così.
nessuna era come Mrs Gredis
e anche Mrs Gredis lo sapeva,
lì seduta sopra al primo banco,
appollaiata di fronte a 20 ragazzi
quattordicenni che non l'avrebbero mai
scordata

*through the wars and the years,
never a lady like that
watching us as she talked,
watching us looking at her,
there was laughter in her eyes,
she smiled at us,
crossed and recrossed her legs
again and again,
the skirt slipping, inching
delicately higher and higher
as she spoke of Hawthorne and
Poe and Melville and more
until the bell rang
ending the class,
the fastest hour of our day.
thank you, Mrs. Gredis, for that
most marvelous
education, you made learning
more than
easy, thank you, Mrs.
Gredis, thank
you.*

col passare delle guerre e degli anni,
mai una donna così
che ci osservava mentre parlava,
che ci osservava mentre la guardavamo,
c'era allegria nei suoi occhi,
ci sorrideva.
accavallava e riaccavallava le gambe
ancora e ancora,
la gonna scivolava, a poco a poco
delicatamente più su, sempre più su
mentre parlava di Hawthorne e di
Poe e di Melville e di altri
fino a quando suonava la campanella
che segnava la fine della lezione,
l'ora più veloce della nostra giornata.
grazie, Mrs Gredis, per quello
strabigliante
insegnamento, hai reso l'apprendimento
più che
facile, grazie, Mrs
Gredis, ti
ringrazio.

the puking lady

we were around 14, Baldy
Norman and myself.
we were sitting in the neighborhood
park around ten p.m.
drinking stolen beer.

then we saw a car drive up to the
curb.
the door opened and a lady
leaned out and vomited into
the street.
she cut loose a good
load.
she sat awhile.
then she got out of her
car
and walked into the
park.
she weaved a
bit.

"she's drunk," said
Norman, "let's fuck
her!"

"o.k.," I said.

"o.k.," said Baldy.

she was moving
through the park
walking along

la donna che vomita

eravamo sui 14 anni, io,
Baldy e Norman.
eravamo seduti nel parco del
quartiere verso le dieci di sera
a bere birra rubata.

a un tratto abbiamo visto un'auto accostare al
marciapiede.
la portiera si è aperta e una donna
si è sporta e ha vomitato
sulla strada.
si è liberata di una bella
secchiata.
è rimasta ferma un po'.
poi è scesa dalla
macchina
ed è entrata nel
parco.
ondeggiava
leggermente.

"è ubriaca," ha detto
Norman,
"scopiamocela!"

"ok," ho detto.

"ok," ha detto Baldy.

lei girava
per il parco
muovendosi

*unsteadily.
she was
heavy but
young,
good breasts,
nice legs,
she wobbled on
her high heels.*

*"I'll get her
good," said Baldy.*

*"I'll get her good!"
said Norman.*

*then she saw us
sitting on the
bench.*

"oh," she said.

*she moved closer,
staring.*

*"oh, you're just nice
young boys..."*

we didn't like that.

*"how about a drink,
baby?" Norman
asked.*

*"oh no, I've had
too much to drink,
I feel awful, I've
had a fight with my
boyfriend..."*

*she stood weaving
in the moonlight.*

barcollando.
era
robusta ma
giovane,
bei seni,
belle gambe,
ondeggiava sui
tacchi alti.

"adesso me la
faccio," ha detto Baldy.

"adesso me la faccio!"
ha detto Norman.

poi lei ci ha visti
seduti sulla
panchina.

"oh," ha detto.

si è avvicinata
scrutandoci.

"oh, siete solo dei bravi
ragazzini..."

non ci è piaciuta quell'uscita.

"ti va di bere qualcosa,
piccola?" ha chiesto
Norman.

"oh, no, ho già
bevuto troppo,
sto malissimo, ho
litigato con il mio
ragazzo..."

ondeggiava
al chiaro di luna.

*"what's he got I don't
have?" asked
Norman.*

"don't get fresh!"

*"come here, baby,
I got something I want
to show you,"
said Baldy.*

*"I'm leaving," she
said and began
walking off.*

*Baldy jumped up
(he was half drunk)
and followed
her.*

*"I got something
for you, baby!"*

*the lady began
running.
Baldy ran after
her.*

*when he attempted
to tackle her,
he missed, bounced
off her large
buttocks and fell
to the
grass.*

*the lady ran to
her car,
started it and
gunned off down
the street.*

"che cos'ha lui che io non
ho?" ha chiesto
Norman.

"non fare il galletto!"

"vieni qui, piccola,
ho una cosa che voglio proprio
mostrarti,"
ha detto Baldy.

"me ne vado," ha
detto lei cominciando
ad allontanarsi.

Baldy si è alzato di scatto
(era mezzo sbronzo)
e l'ha
inseguita.

"ho qui qualcosa
per te, piccola!"

la donna ha cominciato a
correre.
Baldy le correva
dietro.

quando ha tentato di
placcarla,
l'ha mancata, è rimbalzato
sul grosso
culo della donna ed è caduto
su
l'erba.

la donna è corsa
fino alla macchina,
l'ha messa in moto ed
è schizzata in fondo
alla strada.

*Baldy came walking
back toward
us.*

"shit, that whore!"

*he sat down with us
on the bench,
picked up his beer
can and had a
mighty slug.*

*"she wanted it,
she wanted it
bad," he said.*

*"you've got guts,
Baldy," I said.*

*"think she'll come
back?" Norman
asked.*

*"sure," said Baldy,
"she wants this
turkey neck I
got."*

*I don't think any of
us thought she would
be back
but we sat there
drinking the beer
and
waiting.*

*we were all
virgins.
but we felt very
powerful then,
sitting there smoking
cigarettes,*

Baldy è
tornato da
noi.

"cazzo, che puttana!"

si è seduto con noi
sulla panchina,
ha preso la lattina di
birra e ha buttato giù
una bella sorsata.

"aveva voglia,
ne aveva una voglia
matta," ha detto lui.

"hai palle,
Baldy," ho detto.

"pensi che
tornerà?" ha chiesto
Norman.

"certo," ha detto Baldy,
"vuole
questo uccellone
qui."

credo che nessuno di
noi pensasse che sarebbe
tornata
ma siamo rimasti lì
a bere birra
e
ad aspettare.

eravamo tutti
vergini.
ma ci sentivamo
invincibili allora,
lì seduti a fumare
sigarette,

*emptying cans of
beer.*

*later we would all
go home and
masturbate,
thinking about that
woman in the
park,
kissing that whiskey mouth,
her legs high in the
moonlight,
the park fountain
spewing its
water
as our parents
slept in the other
bedroom,
tired of it
all.*

e a svuotare lattine di
birra.

più tardi saremmo andati
tutti a casa a
masturbarci,
pensando a quella
donna nel
parco,
baciando quella bocca al whiskey,
con quelle gambe alte
al chiaro di luna,
mentre la fontana
del parco
zampillava
e i nostri genitori
dormivano nell'altra
stanza,
stanchi di tutto
quanto.

depression kid

*I never had money but I did have a
bike
and there was little to do in the
summer but ride my bike to the
beach and back.
it was a bloody-ass haul from L.A. to
Venice
but there was nothing else.
one thing, it really built up my
legs.
I was 14 years old and I had the
most powerful legs in the
Southland, maybe.*

*the thing that made the
ride more exciting was to
attempt to shorten the time
it took to make the
trip.
each time I broke my own
record I'd go for a new
one.*

*I pedaled faster and
faster.
and that was all right
except one sunny day while
I was really pumping
along
this guy in a
red sports car
screamed at me,*

figlio della Depressione

soldi non ne ho mai avuti ma una bicicletta
sì
e c'era ben poco da fare in
estate se non andare in bici fino alla
spiaggia e tornare.
era una tirata da rompersi il culo da L.A. fino a
Venice
ma non c'era nient'altro.
perlomeno, mi aveva davvero irrobustito le
gambe.
avevo 14 anni e le
gambe più forti del
Sud, forse.

quello che rendeva
la corsa più eccitante era
cercare di ridurre il
tempo di percorrenza del
tragitto.
ogni volta che battevo il mio
record cercavo di stabilirne uno
nuovo.

pedalavo più veloce
sempre più veloce.
il che andava bene
tranne in quella giornata di sole mentre
ci stavo dando davvero
dentro
e un tizio su
una macchina sportiva rossa
mi ha urlato,

*"hey, kid, watch where
the fuck you're going!"*
*I looked over and there
was this old guy in a late
model car,
smoking a cigar
and he had a young
blonde with him.
her long hair was blowing
in the wind.*

*"up your ass!" I yelled
back.*

*he slowed his car down
as I pumped alongside.
he looked over at me
and said, "Would you
mind repeating
that?"*

*I repeated that.
the girl with her hair
blowing in the wind
looked at him and
laughed.*

*"I've got a good mind to
park
and beat the crap
out of you!"*

*"park it!
park it!"
I yelled.*

*he roared ahead
and parked at the
curb.
I parked my bike
and walked toward
him.*

"ehi, cocco, guarda
dove cazzo vai!"
ho buttato l'occhio e c'era
un vecchio su un'auto
nuova di zecca,
che fumava un sigaro
e aveva una giovane
bionda di fianco.
i lunghi capelli di lei erano scompigliati
dal vento.

"vai a prenderlo in culo!" gli ho risposto
urlando.

ha rallentato la macchina
affiancandomi mentre io pedalavo di brutto,
mi ha lanciato uno sguardo
e ha detto, "ti
spiacerebbe
ripeterlo?".

l'ho ripetuto.
la giovane con i capelli
scompigliati dal vento
l'ha guardato e
ha riso.

"ho proprio voglia di
fermarmi
e di spaccarti
il culo!"

"fermati!
fermati!"
ho urlato.

è schizzato rombando
e ha parcheggiato vicino al
marciapiede.
io ho messo giù la bici
e sono andato verso di
lui.

*I had no fear.
I felt great.*

*I walked up to the car.
he looked at me
from the car.
he didn't get
out.
the young girl was
saying something
to him.
suddenly he
started the car
and pulled
away.*

*he took a right at
the corner.
I walked back to my
bike.
I got on and started
pedaling.*

*then he was back.
he'd circled the block.
I saw his face as he looked
at me.
I'd seldom seen such
hatred.*

*then he was gone
down the boulevard
out of sight with his young
girl.*

*I pedaled along.
I was no longer in a hurry.*

*to hell with the record.
I had called the guy's*

non avevo paura.
mi sentivo forte.

sono andato vicino alla macchina.
lui mi guardava
stando seduto.
non è
sceso.
la ragazza gli stava
dicendo
qualcosa.
di punto in bianco ha
messo in moto
e se ne è
andato.

ha svoltato a destra
all'angolo.
sono ritornato alla mia
bici.
sono salito e ho cominciato
a pedalare.

poi eccolo tornare.
aveva fatto il giro dell'isolato.
gli ho visto la faccia mentre
mi guardava.
di rado ho visto tanto
odio.

poi è sparito
in fondo al boulevard
spariti lui e la sua giovane
ragazza.

ho continuato a pedalare.
non avevo più fretta.

'fanculo il record.
gli avevo chiesto di mettere le

*card and
the girl with the long
hair was thinking of
me.*

*I had become a
man.*

carte in tavola e
la ragazza con i lunghi
capelli adesso stava pensando a
me.

ero diventato
uomo.

burlesque

*Jimmy, Bill and I went every
Sunday.
the place was on Main Street
with photos of the girls posted
outside.
the girls weren't always the
same.
sometimes one of them
would leave.
then you'd see a girl who
had been in the chorus
line,
she'd be up there
stripping.
or you'd see a girl who
had been stripping
and she'd be back in the
chorus line,
a younger stripper having
replaced her.
there was something sad
about it all.
and it got worse
during the show,
some of
the old guys jerking
off.
the young guys never
jerked off,
it was always the old
guys,
most of them sat in*

burlesque

io, Jimmy e Bill ci andavamo ogni
domenica.
il locale era in Main Street
con le foto delle ragazze esposte
fuori.
le ragazze non erano sempre le
stesse.
a volte una di loro
se ne andava.
allora magari vedevi
una ragazza di
fila,
lì sul palco che si
spogliava.
o una ragazza che
prima faceva lo spogliarello
ritornare dietro tra quelle
di fila,
una spogliarellista più giovane l'aveva
rimpiazzata.
c'era un non so che di triste
in tutta la faccenda.
e a volte era anche peggio
durante lo spettacolo,
qualcuno tra
i vecchi si sparava
una sega.
i giovani non si facevano mai
seghe,
erano sempre i
vecchi,
la maggior parte di loro sedeva in

*the first row
which was called
"Bald-headed
Row."*

*I liked the comedian
best, he was dressed in
floppy clothes, suspenders,
big shoes,
felt hat turned up in front
and back.
he was really good,
we laughed at his jokes
and antics.*

*the most beautiful stripper always
came on last.
and once in a while
she would show
everything.
sometimes the show was
raided.
(we were never there
when it was raided)
but when the theatre was raided
it always opened up again a
week later with the same
strippers.*

*we were there one time when
the most beautiful stripper showed
everything.
we couldn't believe
it.*

"did you see it?"

"I saw it!"

"I saw it too!"

prima fila
soprannominata
"Fila delle
Cappelle".

il comico era quello che mi piaceva
di più, era vestito con
abiti ampi, bretelle,
scarpe grosse,
cappello di feltro messo al
contrario.
era davvero bravo.
ridevamo alle sue battute
e alle sue mosse.

la spogliarellista più bella saliva
sempre per ultima.
e di tanto in tanto
mostrava
tutto.
a volte durante lo spettacolo gli sbirri facevano
irruzione.
(a noi non è mai capitato di essere lì
mentre facevano irruzione)
ma quando il teatro veniva chiuso
riapriva sempre una
settimana dopo con le stesse
spogliarelliste.

una volta eravamo lì quando
la spogliarellista più bella ha mostrato
tutto.
non riuscivamo a
crederci.

"l'hai vista?"

"l'ho vista!"

"l'ho vista anch'io!"

*we walked out into the
street in
disbelief.*

*"I'll bet they close the
place down!"*

*"maybe there wasn't a
vice cop in the
audience.
sometimes
the manager
knows this and
he tells the stripper
it's safe
and then
she shows her
pussy."*

*"then how come they
sometimes
get caught?"*

*"that's because sometimes
there's a new vice squad guy there
they don't know."*

*"they ought to let women
show their pussies,
what harm does it
do?"*

*"the church is against
it."*

"fuck the church."

*we walked along
Main Street
as young as we were
ever going to
get.*

eravamo usciti
in strada
increduli.

"scommetto che
lo chiudono!"

"magari non c'era uno
sbirro tra il
pubblico.
a volte
il direttore
lo sa e
dice alla spogliarellista
che è tranquillo
e allora
lei mostra la
passera."

"allora come mai
a volte
li beccano?"

"perché a volte
c'è un nuovo sbirro lì in mezzo che
loro non conoscono."

"dovrebbero lasciare
mostrare la passera,
che male
fa?"

"la chiesa è
contraria."

"'fanculo la chiesa."

camminavamo lungo
Main Street
giovani così
non lo saremmo più
stati.

first love

*at one time
when I was 16
a few writers gave me
my only hope and
chance.*

*my father disliked
books and
my mother disliked
books (because my father
disliked books)
especially those I brought back
from the library:
D.H. Lawrence
Dostoevsky
Turgenev
Gorky
A. Huxley
Sinclair Lewis
others.*

*I had my own bedroom
but at 8 p.m.
we were all supposed to go to sleep:
"Early to bed and early to rise
makes a man healthy, wealthy and wise,"
my father would say.*

"LIGHTS OUT!" he would shout.

*then I would take the bed lamp
place it under the covers*

primo amore

in passato
quando avevo 16 anni
pochi scrittori rappresentavano
la mia unica speranza e
via d'uscita.

mio padre detestava i
libri e
anche mia madre detestava i
libri (perché mio padre
detestava i libri)
specialmente quelli che portavo a casa
dalla biblioteca:
D.H. Lawrence
Dostoevskij
Turgenev
Gor'kij
A. Huxley
Sinclair Lewis
e altri.

avevo la stanza per conto mio
ma alle 8 di sera
dovevamo dormire tutti:
"presto a letto e presto alzato
fa l'uomo sano, ricco e fortunato,"
diceva mio padre.

"LUCI SPENTE!" urlava mio padre.

allora prendevo la lampada del comodino
e la piazzavo sotto le coperte

*and with the heat and hidden light
I would continue to read:
Ibsen
Shakespeare
Chekov
Jeffers
Thurber
Conrad Aiken
others.*

*they gave me a chance and some hope
in a place of no chance
no hope, no feeling.*

*I worked for it.
it got hot under the covers.
sometimes the sheets would begin to smoke
then I'd switch the lamp off,
hold it outside to
cool off.*

*without those books
I'm not quite sure
how I would have turned
out:
raving; the
murderer of the father;
idiocy;
hopelessness.*

*when my father shouted
"LIGHTS OUT!"
I'm sure he feared
the well-written word
immortalized
forever
in our best and
most interesting
literature.*

*and it was there
for me*

e con il calore e la luce nascosta
continuavo a leggere:
Ibsen
Shakespeare
Čechov
Jeffers
Thurber
Conrad Aiken
e altri.

mi davano vie d'uscita e un po' di speranza
in un posto senza vie d'uscita,
senza speranza, senza amore.

me la sudavo.
diventava bollente sotto le coperte.
a volte il lenzuolo cominciava a fumare
allora spegnevo la lampada,
la tenevo fuori per
raffreddarla.

senza quei libri
non so proprio
cosa sarei
diventato:
squinternato;
parricida;
idiota;
disperato.

quando mio padre urlava
"LUCI SPENTE!"
sono certo che temeva
la parola ben scritta
immortalata
per sempre
nella nostra migliore e
più interessante
letteratura.

ed era lì
per me

close to me
under the covers
more woman than woman
more man than man.

I had it all
and
I took it.

vicino a me
sotto le coperte
più femmina di una femmina
più maschia di un maschio.

avevo tutto
e
me lo sono preso.

mountain

in high school the classes were arranged alphabetically and
                                                    Burns
was always seated behind me.
Burns: largest lad in the class of '39 but all of it was
fat.
he was a gross fat fart.

he was there on my neck, my back.
I could hear his wheezing.
I could hear him shifting his flesh about.

it was hell.
and worst of all the dumb fuck thought he was
clever.
always up to some trick.
like tapping me on the back, handing me a note,
whispering, "it's from Mary Lou... she said to pass it
to you..."

"big boy," said the note, "I want to be with you so bad! I can't take my eyes off you!"

then he'd poke me in the back, "hey, hey, she wants you!"

I'd ignore him.

"hey, Hank, what did the priest say when he saw birdshit in his popcorn?"

montagna

alle superiori gli studenti erano sistemati in ordine
                                    alfabetico e Burns
era sempre seduto dietro di me.
Burns: il ragazzo più grosso della classe del '39 ma era
tutto lardo.
era una volgare grassa scorreggia.

ce l'avevo sul collo, dietro la schiena.
lo sentivo ansimare.
lo sentivo spostare la ciccia sulla sedia.

era puro inferno.
e ancor peggio quello stupido cazzone era convinto di
essere intelligente.
era sempre pronto a fare scherzi.
come darmi dei colpetti sulla schiena, passarmi un
                                    biglietino,
sussurrandomi, "è di Mary Lou... mi ha detto
di passartelo...".

"ragazzone," diceva il biglietino, "ho una voglia matta
di stare con te! non riesco a togliermi gli occhi di dosso!"

poi mi ficcava un dito nella schiena, "ehi, ehi, vuole
                                    proprio te!".

io lo ignoravo.

"ehi, Hank, cosa ha detto il prete quando ha visto cacca
                                    di uccello
nei suoi popcorn?"

"hey, Hank..."

on top of that he had body odor.
he always wore the same heavy green sweater,
even on the hottest day.

after each class he'd attempt to exit with me, follow me
down the hall.

"hey, Hank, wait a minute..."

he was slow, he had huge feet in square-toed black
shoes. they often banged together and he'd
stumble as he walked.

he was lonely but somehow I couldn't embrace his
                                                            loneliness,
he made me feel physically and mentally
ill.

I had him hanging on my neck for two years.

then one day he poked me in the back: "hey, this one's
from Caroline..."

I opened the note:
"Henry, you are the yummy yummy man of my
dreams!"

I turned in my seat and looked at him.
he wore round glasses with thick rims.
his red wet lips were twisted into an asinine
grin.

I said, "listen, Burns, if you ever touch me or
speak to me or even look at me again, I promise I am
going to kill you!"

Mrs. Anderson, the English teacher then said for
all to hear, "Mr. Chinaski, I'll see you after class."

"ehi, Hank..."

e in più puzzava di sudore.
indossava sempre lo stesso maglione verde pesante,
anche nelle giornate più calde.

dopo ogni lezione cercava di uscire con me, mi seguiva
lungo il corridoio.

"ehi, Hank, aspetta un attimo..."

era lento, aveva piedi enormi in scarpe squadrate
nere. spesso le sbatteva una contro l'altra e
inciampava mentre camminava.

era solo ma io non potevo condividere la sua solitudine.
mi faceva sentire fisicamente e mentalmente
malato.

l'ho avuto sul collo per due anni.

poi un giorno mi ha ficcato un dito nella schiena: "ehi,
questo è di Caroline...".

ho aperto il biglietto:
"Henry sei l'uomo più succulento dei miei
sogni".

mi sono girato sulla sedia e l'ho guardato.
portava occhiali tondi con montatura spessa.
le labbra rosse bagnate erano contorte in una smorfia
asinina.

ho detto, "senti, Burns, se osi toccarmi
o anche guardarmi una sola volta ancora, ti prometto
che ti uccido!".

Mrs Anderson, l'insegnante d'Inglese ha detto in modo che
sentissero tutti, "signor Chinaski, si fermi dopo la lezione".

*afterwards she looked up at me from her
desk.*

*"I've watched that horseplay all term long. what do you
have to say about it?"*

I didn't answer.

"Mr. Chinaski, I am going to give you an 'F' in English."

"all right..."

"you can go now."

*I didn't attend English class after that but I saw Burns in
my other classes and since he didn't touch me or
speak to me and since I never saw him look at me, I
didn't have to kill him.*

all I continued to hear was his wheezing.

*and worse, I began to feel guilty as if I had committed a
hideous
wrong.*

I felt as if I had locked him up in some terrible way, in
                                                                                   some
dark and lonely place.

but I left him there, alone.

at my back, on my neck.

*Class of Summer
'39.*

dopo la lezione mi ha squadrato dalla
cattedra.

"ho osservato la sua pantomima per tutto il semestre.
cos'ha da dire al riguardo?"

non ho risposto.

"Signor Chinaski le darò un bel 4 in Inglese."

"va bene..."

"può andare adesso."

non ho più frequentato la lezione di Inglese dopo quella
volta ma ho visto Burns in
altri corsi e dato che non mi ha più toccato, né
parlato e dato che non ho più visto che mi guardava,
non mi è toccato ucciderlo.

ho continuato a sentire solo il suo ansimare.

e peggio cominciavo a sentirmi in colpa come se avessi
commesso
un'ingiustizia
odiosa.

mi sentivo come se l'avessi rinchiuso con un'azione
terribile in un posto
buio e solitario.

ma l'ho lasciato lì, solo.

dietro di me, sul mio collo.

Classe dell'Estate
'39.

field exercises

*is what they called them in the
R.O.T.C.
in the hills and fields on the
hottest summer days,
the Reds vs. Blues,
we had rifles but no bullets
and the officers had wooden sabers
and we'd run forward and
dive on our bellies,
take cover behind brush
while the general stood on the
hill,
he would be the final
judge as to who
won.
they were teaching us
how to kill each
other.
but the funniest thing was
when the opposing sides
happened to come upon
one another
unexpectedly,
the Reds and the Blues
(what told us apart were
the colored ribbons on
our rifles).*

campi scuola

è così che li chiamavano nel
R.O.T.C*.
sulle colline e nei campi nei
giorni più caldi d'estate,
i Rossi contro i Blu,
avevamo fucili ma niente proiettili
e gli ufficiali avevano sciabole di legno
e noi correvamo in avanti e
ci buttavamo giù sulla pancia,
nascondendoci dietro i cespugli
mentre il generale stava in piedi sulla
collina,
era lui il giudice
supremo di chi
vinceva.
ci stavano insegnando
a ucciderci a
vicenda.
ma la cosa più divertente era
quando le fazioni opposte
si trovavano per caso
una davanti all'altra
senza aspettarselo.
i Rossi e i Blu
(ci distinguevano
i nastri colorati
sui fucili).

Reserve Officers' Training Corps, Corpo di addestramento ufficiali della Riserva. [*N.d.T.*]

*but I had long ago
torn mine off,
and we closed in
upon each other, got
excited,
began using rifle
butts
and the officers swung
their sabers about
each claiming victory
and there were bloody
noses, fractured skulls.
one broken arm
and I sat under a
tree watching it
all
as high on the
hill
the general stood
looking through his
dusty
binoculars.
he was senile
and drooled
little goblets out of
each side of his
mouth.*

*Los Angeles, Calif.,
summer 1938.
Saturday.
death had a little
black moustache
and he waited for
us
and many of us
went.*

ma da tempo io
avevo strappato il mio,
e ci avvicinavamo sempre più
gli uni agli altri, ci
esaltavamo,
cominciavamo a usare il calcio del
fucile
e gli ufficiali mulinavano
le sciabole in aria
ognuno reclamava vittoria
e c'erano nasi
sanguinanti, crani fratturati,
un braccio rotto
e io sedevo sotto un
albero e seguivo
tutto
mentre dall'alto della
collina
il generale
guardava dentro il suo
polveroso
binocolo.
era decrepito
e gli scendevano
piccoli rivoli di bava
dagli angoli della
bocca.

Los Angeles, Calif.,
estate 1938.
sabato.
la morte aveva un piccolo
baffo nero e
ci
stava aspettando
e molti di noi l'hanno
raggiunta.

what will the neighbors think?

*I think that was the question asked most of me
by my parents.
of course, I didn't really care what the
neighbors thought.
I felt sorry for the neighbors, those frightened
people peeking from behind their
curtains.
the whole neighborhood was watching
itself
and in the 1930s there wasn't much else to
watch.
except me coming in drunk late at
night.*

*"this is going to kill your mother,"
my father told me,
"and besides what will the
neighbors think?"*

*me, I thought I was doing very well.
one way or the other
I managed to get drunk
without having any
money at all.
a trick that would stand me in good
stead
later in my life.*

*to make things worse for my poor
parents*

cosa penseranno i vicini?

credo che questa fosse la domanda che mi facevano più
spesso i miei genitori.
chiaro, non me ne fregava niente di quello che i
vicini pensavano.
mi facevano pena i vicini, quella gente impaurita che
sbirciava da dietro le
tende.
tutto il quartiere si spiava
addosso
e negli anni '30 non c'era molto altro da
guardare.
eccetto il sottoscritto che rientrava sbronzo a notte
fonda.

"questo ucciderà tua madre,"
mi diceva mio padre,
"e in più cosa
penseranno i vicini?"

per me invece andavo alla grande.
in un modo o nell'altro
riuscivo a ubriacarmi
pur non avendo
neanche un soldo.
un trucco che mi sarebbe tornato
utile
più tardi nella vita.

per peggiorare le cose per i miei poveri
genitori

*I began to write letters to the
editor of one of the large
newspapers,
most of which were published
and all of which
backed unpopular causes.*

*"what will the neighbors think?"
my parents asked
me.*

*but the letters brought interesting
results – hate letters, including
death threats through the
mails.
it also brought me into contact
with some weird
people who believed that I
meant what I had written in
those letters.*

*there were secret meetings
in cellars and attics,
there were guns, pacts,
plans,
speeches.
those were also
places where I scrounged up
free drinks.
most of these meetings
were attended by right-wingers,
young guys between the ages
of 17 and 23.
"we don't want blacks fucking
our women!
they must die!"
unfortunately
I wasn't fucking any
women myself.
all the meetings began by standing
and saluting the
flag*

avevo cominciato a scrivere lettere al
direttore di uno dei più grandi
giornali,
pubblicate per la maggior parte,
e in tutte quante
sostenevo cause impopolari.

"cosa penseranno i vicini?"
mi chiedevano
i miei genitori.

ma le lettere portavano interessanti
risultati – lettere d'odio, incluse
minacce di morte via
posta.
mi avevano anche messo in contatto
con certa gente
stramba convinta che
pensassi davvero le cose che avevo scritto in
quelle lettere.

c'erano raduni segreti
in cantine e soffitte,
c'erano pistole, patti,
piani,
discorsi.
quelli erano anche
posti dove scroccavo
da bere gratis.
la maggior parte di quei raduni
era frequentata da frange di destra,
ragazzi giovani dai
17 ai 23 anni.
"non vogliamo che i negri si scopino le
nostre donne!
devono morire!"
sfortunatamente però
io non scopavo
nessuna donna.
tutti i raduni cominciavano in piedi
con il saluto alla
bandiera

*which I considered pretty
damned
juvenile.
but most of these young men
were from well-to-do
families
and I drank with some of
them afterwards.
I drank as much as I could
as they ranted
on.
I never said anything
but they didn't seem to mind.
they remembered the letters
and had no idea that they
were false.
not that I was a decent
human being
but I wasn't aligned
with any group or
ideology.
actually the whole idea of
life and people
repulsed me
but it was easier to
scrounge drinks off the
right-wingers
than off old women
in the bars.*

*"I don't believe that you
are a son of mine,"
my father told me.*

*"what will the neighbors
think?" my mother
asked.*

*poor damned patriotic
deluded fools.*

after they threw me out

cosa che consideravo piuttosto
dannatamente
infantile.
ma la maggior parte di quei ragazzotti
proveniva da famiglie
benestanti
e alla fine bevevo con
alcuni di loro.
bevevo più che potevo
mentre loro
blateravano.
io non dicevo mai niente
ma non sembrava gli importasse.
si ricordavano le lettere
e non si immaginavano che
fossero false.
non che io fossi un essere umano
per bene
ma non ero schierato
con nessun gruppo o
ideologia.
in realtà nell'insieme l'idea della
vita e della gente
mi ripugnava
ma era più facile
scroccare da bere a
quelli di destra
che alle vecchie
nei bar.

"non posso credere che tu
sia davvero mio figlio,"
mi diceva mio padre.

"cosa penseranno i
vicini?" chiedeva
mia madre.

poveri dannati patrioti
delusi sciocchi.

dopo che mi avevano sbattuto fuori

*of the house
I gave up
the meetings
and went and lived by myself in a
plywood shack on
Bunker Hill.*

*and my parents no longer
had to worry about
what the
neighbors thought.*

casa
avevo mollato
i raduni
ed ero andato ad abitare per conto mio in una
catapecchia di compensato a
Bunker Hill.

e i miei genitori non avevano più
dovuto preoccuparsi di
cosa pensavano
i vicini.

full circle

*Sanford liked to play dirty
tricks like piss in milk bottles,
burn the legs off of spiders, torture
cats, put water in gas tanks, etc.*

*he was full of dirty
tricks.*

we grew up together.

*when World War II arrived he went into the
air force.*

*"the flyboys get all the pussy," he
told me.*

*on his second mission over the English
Channel they
blasted his ass out of the
sky.*

they never found him.

*one more dirty trick in a dirty trick
world.*

il cerchio si chiude

a Sanford piaceva tirare brutti
scherzi come pisciare nelle bottiglie del latte,
bruciare zampe di ragni, torturare
gatti, mettere acqua nei serbatoi di benzina, ecc.

faceva un sacco di brutti
scherzi.

siamo cresciuti insieme.

allo scoppio della II Guerra mondiale si è arruolato
nell'aeronautica.

"gli aviatori si beccano tutte le passere," mi
aveva detto.

nella sua seconda missione sopra la
Manica gli
hanno fatto saltare il culo in
aria.

non l'hanno mai più ritrovato.

un altro brutto scherzo in un mondo
di brutti scherzi.

THE STREETS WERE ALL I SAW

LA STRADA MAESTRA DI VITA

a place in Philly

*there's nothing like being young
and starving,
living in a roominghouse and
pretending to be a
writer
while other men are occupied
with their professions and
their possessions.
there's nothing like being
young and
starving,
listening to Brahms,
your belly sucked-in,
nary an ounce of
fat,
stretched out on the bed
in the dark,
smoking a rolled
cigarette
and working on the
last bottle of
wine,
the sheets of your
writing strewn across the
floor.
you have walked on and across
them,
your masterpieces, and
either
they'll be read in
hell,
or perhaps*

un posto a Filadelfia

non c'è niente come essere giovane
e morto di fame,
vivere in camere ammobiliate e
fingere di essere uno
scrittore
mentre altri uomini sono presi
dai loro adempimenti e
dai loro possedimenti.
non c'è niente come essere
giovane e
morto di fame,
e ascoltare Brahms,
con la pancia incavata,
senza un grammo di
grasso,
stravaccato sul letto
al buio,
fumando una sigaretta
rollata,
dandosi da fare con
l'ultima bottiglia di
vino,
le pagine che
hai scritto sparpagliate sul
pavimento.
le hai calpestate in lungo e in
largo,
i tuoi capolavori, che
forse
saranno letti
all'inferno,
o forse

*gnawed at by the
curious
mice.
Brahms is the only
friend you have,
the only friend you
want,
him and the wine
bottle,
as you realize that
you will never
be a citizen of the
world,
and if you
live to be very
old
you still will never
be a citizen of the
world.
the wine and
Brahms mix well as
you watch the
lights
move across the
ceiling,
courtesy of
passing
automobiles.
soon you'll sleep
and
tomorrow there
certainly
will be
more
masterpieces.*

rosicchiati dai
topi
curiosi.
Brahms è l'unico
amico che hai,
l'unico amico che
vuoi,
lui e la bottiglia di
vino,
mentre ti rendi conto che
non sarai mai
cittadino del
mondo,
e se
vivrai fino a diventare
vecchio
non sarai neppure allora
cittadino del
mondo.
il vino e
Brahms si mischiano bene mentre
guardi le
luci
che scorrono sul
soffitto,
per gentile concessione delle
auto
che passano.
presto ti addormenterai
e
domani
sicuramente
ci saranno
altri
capolavori.

the *Kenyon Review* and other matters

*it was good being young but I didn't know it, a starving
jackass, stubborn beyond reason, reading that
tower of practiced literary horror, the Kenyon Review.
somehow I admired their gamesmanship, their snobby word
play, their inbred docility.
I was lower class, depraved, a spectacle, a dissolute
slave
yet I was oddly charmed by their petty jousting, their
safe anger, their shield of learnedness;
to read this journal and others and then return to my small
room or the bars of night (most often that) to meet
another breed – club-fisted, bleary-eyed, cantankerous,
grubby, and joining them in their downward dance.
drink tempered our defeat, it warmed us, it heated us.
our only challenge was ourselves, no one would have
anything to do with us.
rallied and maddened by drink, I tested these in the
alleys, these bulls, these bears, these dumb bastards,
and they were good at war and I was not so bad.
it was a doing, a going on, nothing else.
our space was small and a bit unkind.*

*the next day to return to the library with a shut eye,
a swollen lip, skinned fingers, a wrist that hurt and
flamed like hell.*

la "Kenyon Review" e altre faccende

era bello essere giovani, ma io non lo sapevo, un asino
morto di fame, cocciuto oltre ogni immaginazione, che
leggevo quella torre di orrore letterario impratichito, la
                              "Kenyon Review".
però ne ammiravo la scaltrezza, i giochi di parola snob,
l'innata docilità.
io ero più terra-terra, un depravato, uno spettacolo,
uno schiavo dissoluto
eppure ero stranamente affascinato da quell'inutile
                                  giostrare, da quella
rabbia mansueta, da quello scudo di erudizione;
leggere quella rivista e altre e poi tornare alla mia
piccola stanza o ai bar di notte (più spesso a questi) e
incontrare
un'altra razza – pestati, sguardo confuso, rissosi,
bacati – e unirmi a loro nella danza degli inferi.
bere placava la nostra sconfitta, ci riscaldava, ci accendeva,
la nostra unica sfida eravamo noi stessi, nessuno voleva
                                                  avere
niente a che fare con noi.
rianimato ed esaltato dal bere, li sfidavo nei
vicoli, questi tori, questi orsi, questi bastardi dementi,
ed erano bravi a combattere e anch'io non ero poi male.
era qualcosa da fare, per tirare avanti, nient'altro.
il nostro spazio era piccolo e un po' aspro.

e il giorno dopo tornare in biblioteca con un occhio
chiuso, un labbro gonfio, le dita sbucciate, un polso che
faceva male e bruciava come l'inferno.

*to turn more pages, to find them thinner and thinner, less
and less, like gossamer wings that would not hold
strong light, I was caught between nowhere and nowhere, I
sat at that library table caught between suicide and
acquiescence*
I was no longer young; I was older than the centuries.

I closed the last book, the last magazine then.

I walked out of there.

the streets were all I saw.

*I walked into
them.*

girare altre pagine, e trovarle sempre più sottili, sottili, con
                              sempre meno,
meno, come ali di garza che non sopportano
la luce forte, ero intrappolato tra il nulla e il nulla,
sedevo a quel tavolo in biblioteca preso tra suicidio e
arrendevolezza
non mi sentivo più giovane; ero più vecchio dei secoli.

ho chiuso l'ultimo libro, l'ultima rivista in quel momento.

sono uscito di là.

la strada maestra di vita.

mi ci sono buttato
dentro.

big night on the town

drunk on the dark streets of some city,
it's night, you're lost, where's your
room?
you enter a bar to find yourself,
order scotch and water.
damned bar's sloppy wet, it soaks
one of your shirt
sleeves.
it's a clip joint – the scotch is weak.
you order a bottle of beer.
Madame Death walks up to you
wearing a dress.
she sits down, you buy her a
beer, she stinks of swamps, presses
a leg against you.
the bartender sneers.
you've got him worried, he doesn't
know if you're a cop, a killer, a
madman or an
idiot.
you ask for a vodka.
you pour the vodka into the top of
the beer bottle.
it's one a.m. in a dead cow world.
you ask her how much for head,
drink everything down, it tastes
like machine oil.

you leave Madame Death there.
you leave the sneering bartender
there.

gran serata in città

ubriaco nelle strade buie di qualche città,
è notte, ti sei perso, dov'è la tua
stanza?
entri in un bar per ritrovare te stesso,
ordini scotch con acqua.
dannato bancone bagnato fradicio, ti inzuppa
una manica della
camicia.
è un posto squallido – lo scotch è annacquato.
ordini una bottiglia di birra.
Madama Morte ti viene vicino
indossa un vestito.
si siede, le offri una
birra, lei puzza di palude, ti appoggia
una gamba contro.
il barista sogghigna.
lo stai facendo preoccupare, non
capisce se sei uno sbirro, un killer, un
pazzo o un
idiota.
ordini una vodka.
rabbocchi con la vodka la
bottiglia di birra.
è l'una di notte in un mondo carogna.
le chiedi quanto per un pompino,
scoli tutto, sa
di olio per auto.

pianti lì Madama Morte,
pianti lì il barista
sogghignante.

*you have remembered where
your room is.
the room with the full bottle of
wine on the dresser.
the room with the dance of the
roaches.*

*Perfection in the Stars
where love died*

laughing.

ti sei ricordato dove
è la tua stanza.
la stanza con la bottiglia piena di
vino sul comò.
la stanza della danza degli
scarafaggi.

la Perfezione sta nelle Stelle
dove l'amore è morto

ridendo.

total madness

all right, I know that you are tired of hearing it
but how about this one last time?
all those tiny rooms in all those cities,
going from one city to another
from one cheap rented room to another
terrified and sickened of what people were.
it was the same any place and every place,
thousands and thousands of miles spent
looking out the window of a Greyhound bus,
listening to them talk, looking at them,
their heads, their ears, the way they walked.
these were strangers from somewhere else,
lifeless parallel perpendiculars,
they drove the blade through my gut,
even the lovely girls,
with guile of eye, with the lilt and magic of their bodies
where only a down payment on a
mirage,
life's cheap trick.

I went from room to room
from city to city,
hiding, looking, waiting...
for what?
for nothing but the
irresponsible and negative
desire
to at least
not be like
them.

pazzia totale

ma sì, so bene che sei stufo di
sentirla
ma che ne dici di un'ultima volta?
tutte quelle minuscole stanze in tutte quelle città,
girovagando da una città all'altra
da una squallida stanza in affitto all'altra
terrorizzato e disgustato da ciò che era la gente.
era la stessa cosa in ogni posto e in tutti i posti,
migliaia e migliaia di miglia passate a
guardare fuori dal finestrino della corriera Greyhound,
ascoltandoli parlare, guardandoli,
teste, orecchie, il modo di camminare.
questi erano stranieri venuti da chissà dove,
parallele perpendicolari senza vita,
mi conficcavano la lama nelle viscere,
perfino le ragazze graziose,
con l'occhio scaltro, con l'armonia e la magia dei
loro corpi
erano solo un primo acconto di un
miraggio,
il trucco da due soldi della vita.

sono passato da una stanza all'altra
da una città all'altra,
nascondendomi, guardando, aspettando...
che cosa?
niente se non
l'irresponsabile e negativo
desiderio
di
non essere come
loro.

*I loved those old rooms,
the worn rugs,
the walk down the hall
to the bathroom,
even the rats and the
mice and the roaches
were comrades...*

*and along the way
somehow I discovered
the classical composers.*

*I had an old record player.
and rather than eat
I used what funds I had
for cheap wine and
record albums.
and I rolled cigarettes,
smoked, drank,
listened to the music
in the dark.
I remember one particular
night
when Wagner really
lifted the ceiling off
my room
I got up
out of bed
joy-stricken,
I stood there and lifted
both arms toward the
ceiling
and I caught sight of
myself in the dresser
mirror
and there was nothing left
of me,
a skeleton of a man,
down from 200 pounds to
130,
with sunken
cheeks.*

amavo quelle vecchie stanze,
i tappeti lisi,
la camminata nel corridoio
per andare in bagno,
perfino i ratti e i
topi e gli scarafaggi
erano miei compagni...

e in quel periodo
non so come ho scoperto
i compositori classici.

avevo un vecchio giradischi.
e invece di mangiare
usavo i pochi soldi che avevo
per il vino scadente e
i dischi.
e rollavo sigarette,
fumavo, bevevo,
ascoltavo la musica
al buio.
mi ricordo di una sera in
particolare
quando Wagner ha davvero
fatto saltare il soffitto
della stanza
ero sceso
dal letto
pervaso dalla gioia,
sono rimasto lì in piedi e ho alzato
le braccia verso il
soffitto
e mi sono intravisto riflesso
nello specchio del
comò
e non rimaneva più nulla
di me.
uno scheletro d'uomo,
calato da 90 chili a
60,
con guance
incavate.

*I saw this dead skull
looking at me
and it was so
ridiculous and so lovely
that I started to laugh
and the thing in the mirror
laughed back
and it got
funnier and funnier
as I lifted my arms
higher toward the
ceiling.*

*and along with those old
rooms,
I was lucky,
I had gentle old landladies,
with pictures of
Christ on the stairways,
but they were always nice
in spite of that.*

*"Mr. Chinaski, your rent is
overdue, are you all
right?"*

"oh, yes, thank you."

*"I hear your music playing,
night and day,
you sit in your room night
and day with the shades
pulled down...
are you all right?"*

"I'm a writer."

"a writer?"

ho visto questo teschio morto
che mi guardava
ed era così
assurdo e così bello
che ho cominciato a ridere
e la cosa nello specchio
rideva di rimando
ed è diventato
sempre più buffo
mentre alzavo le braccia
più in alto verso il
soffitto.

e con quelle vecchie
stanze,
sono stato fortunato,
ho avuto padrone di casa vecchie e gentili,
con immagini di
Cristo sulle scale,
ma erano pur sempre gentili
nonostante quello.

"signor Chinaski, il suo affitto è
scaduto, va tutto
bene?"

"oh, sì, grazie."

"sento che suona la musica,
giorno e notte,
se ne sta nella sua stanza giorno
e notte con le tapparelle
abbassate...
va tutto bene?"

"sono uno scrittore."

"uno scrittore?"

*"yes, I just sent something
to the* New Yorker
*I'm sure I'll be hearing from
them any day now."*

*somehow if you told them
you were a writer
they would put up with all
sorts of
excuses,
especially if you were
in your early
twenties.
(later on, it was a hard
sell
as I was to
find out.)*

*but I loved those
small rooms in all of
those cities with all
of those landladies
and Brahms
and Sibelius
and Shostakovich
and Ives
and Sir Edward Elgar
and the Chopin Etudes
and Borodin
Beethoven
Hayden
Handel
Moussorgsky,
etc.*

*now, somehow, after
decades of
those rooms
and half-assed barren
jobs
and after tossing out*

"sì, ho appena mandato qualcosa
al 'New Yorker'
sono certo che si faranno vivi
in questi giorni."

non so perché ma se dicevi
che eri uno scrittore
accettavano ogni
tipo di
scuse,
specialmente se eri
sulla
ventina.
(più avanti negli anni, era difficile che la
bevessero
come avrei poi
scoperto.)

ma amavo quelle
piccole stanze in tutte
quelle città con tutte quelle
padrone di casa
e Brahms
e Sibelius
e Šostakovič
e Ives
e Sir Edward Elgar
e gli studi di Chopin
e Borodin
Beethoven
Haydn
Händel
Musorgskij,
ecc.

ora, chissà come, dopo
decenni di
stanze così
e di lavori tritura
coglioni
e dopo aver sbattuto via

*literally 40 or 50
pounds of rejected
manuscripts
I still return to a
small room,
here,
to recount to you
once more
the wonder of
my madness
then.*

*the difference now
being
that while my writing hasn't
changed that much,
my luck
has.*

*and
it was in those rooms
in the half light of
some 4 a.m.
a shrunken man on the
shelf of nowhere
was young enough to
then
remain young
forever.*

*rooms of
glory.*

letteralmente 20 o 25
chili di manoscritti
rifiutati
ritorno sempre a una
piccola stanza,
qui,
per relazionarti
ancora una volta
la meraviglia della
mia pazzia
di allora.

la differenza adesso
sta
nel fatto che mentre ciò che scrivo non
è cambiato granché,
la mia fortuna lo
è.

ed è
stato in quelle stanze
nella penombra
delle 4 di mattina
che un uomo rinsecchito
relegato nell'angolo del nulla
era giovane abbastanza
allora
per rimanere giovane
per sempre.

stanze di
gloria.

on the bum

*moving from city to city
I always had two pairs of
shoes,
my looking-for-work
shoes and my working
shoes.*

*my work shoes were
heavy and black
and stiff.
sometimes when I
first put them on
they were very
painful,
the toe
hardened and
twisted
but I'd get them
on
on a hangover
morning,
thinking, well,
here we go
again
working for
miserable wages
and expected to
be grateful
for that
(having been chosen
from a score of
applicants).*

vita da vagabondo

spostandomi di città in città
avevo sempre due paia di
scarpe,
le scarpe per-cercare-
lavoro e le scarpe da
lavoro.

le scarpe da lavoro erano
pesanti e nere
e rigide.
a volte
appena le mettevo
mi facevano un male
cane,
con l'alluce
calloso e
deforme
ma me le
infilavo
in mattine
doposbronza,
pensando, be',
ecco che ci
risiamo
a sgobbare per
paghe miserabili
e in più si aspettano che
siamo grati
per questo
(per essere stati scelti
tra un gran numero
di candidati).

*it was probably my
ugly and
honest
face.*

*putting on
those shoes
again
was always
another hard
beginning.*

*I
imagined myself
somehow
escaping
it all.
making it at the
gaming table
or in the
ring
or in the bed
of some rich
lady.*

*maybe I got
that notion from
living too long in
Los Angeles,
a place far too
close to
Hollywood.*

*but going down
those roominghouse
steps
with each new
beginning,
the stiff shoes
murdering my
feet,
stepping out into*

era forse per la mia
brutta
faccia
onesta.

infilarsi
quelle scarpe
di nuovo
era sempre
un altro duro
inizio.

immaginavo
me stesso
che non so come
riuscivo
a scamparla.
vincendo al
tavolo verde
o sul
ring
o nel letto
di qualche ricca
signora.

forse avevo
quelle idee perché
vivevo da tanto a
Los Angeles,
un posto davvero troppo
vicino a
Hollywood.

ma scendendo
i gradini
di quelle stanze in affitto
a ogni nuovo
inizio,
le scarpe rigide
mi massacravano i
piedi,
uscendo alla luce

*the early
sun,
the sidewalk
there,
the city
there
and I was just one
more
common laborer,
one more
common
man,
the universe
sliding through
my head
and out my
ears,
the timecard waiting
to check me in
and out,
and afterwards
something to
drink and the
ladies from
hell.*

*work shoes
work shoes
work shoes
and me
inside of
them with
all the lights
turned
out.*

del primo
sole,
ecco
i marciapiedi,
ecco
la città
e io ero solo un
lavoratore qualsiasi
in più,
un uomo
qualsiasi
in più,
l'universo
mi scivolava
in testa
e mi usciva dalle
orecchie,
il cartellino attendeva
di farmi entrare
e uscire,
e più tardi
qualcosa da
bere e le
donne
dall'inferno.

scarpe da lavoro
scarpe da lavoro
scarpe da lavoro
e io
dentro di
loro con
tutte le
luci
spente.

society should realize...

*you consult psychiatrists and philosophers
when things aren't going well
and whores when they are.
the whores are there for young boys and old
men; to the young boys they say,
"don't be frightened, honey, here I'll put it
in for you."
and for the old guys
they put on an act
like you're really hooking it home.
society should realize the value of the
whore – I mean, those girls who really enjoy their
work – those who make it almost an
art form.*

*I'm thinking of the time
in a Mexican whorehouse
this gal with her little bowl and her rag
washing my dick,
and it got hard and she laughed and I
laughed and she
kissed it, gently and slowly, then she walked over and
spread out
on the bed
and I got on and we worked easily, no effort, no
tension, and some guy beat on the door and
yelled,
"hey! what the hell's going on in there?
hurry it up!"
but it was like a Mahler symphony – you just don't*

la società dovrebbe rendersi conto che...

si consultano psichiatri e filosofi
quando le cose non vanno bene
e puttane quando vanno bene.
le puttane sono a disposizione di giovani e
vecchi; ai ragazzi dicono,
"non aver paura, tesoro, ecco lo infilo
dentro io per te".
e per i vecchi
recitano alla grande
come se fossero capaci di randellarle fino alla meta.
la società dovrebbe rendersi conto del valore delle
puttane – mi riferisco a quelle che amano il proprio
mestiere – quelle che ne fanno quasi una
forma d'arte.

penso a quella volta
in un bordello messicano
alla ragazza con il piccolo catino e uno straccio
che mi lavava l'uccello,
ed era diventato duro e lei aveva riso e io
avevo riso e lei
l'aveva baciato, gentilmente e lentamente, poi si era
spostata e si era buttata
sul letto
e le ero salito sopra e l'avevamo fatto piano, senza
sforzo, senza tensione, e un tizio ha bussato alla porta
e ha urlato,
"ehi, ma che cazzo state facendo lì dentro?
sbrigatevi!".
ma era come una sinfonia di Mahler – non puoi

*rush
it.*

*when I finished and she came back, there was
the bowl and the rag again
and we both laughed; then she kissed it
gently and
slowly, and I got up and put my clothes back on and
walked out—
"Jesus, buddy, what the hell were ya doin' in
there?"
"fuckin'," I told the gentleman
and walked down the hall and down the steps and stood
outside in the road and lit one of those
sweet Mexican cigarettes in the moonlight.
liberated and human again
for a mere $3, I
loved the night, Mexico and
myself.*

affrettare
i tempi.

quando ho finito e lei è tornata, c'è stato
di nuovo il catino e lo straccio
e avevamo riso; poi lei me l'aveva baciato
gentilmente e
lentamente, e mi ero alzato e rivestito e poi
ero uscito –
"Cristo, amico, ma che cazzo facevate lì
dentro?"
"scopavamo," ho detto al galantuomo
e ho percorso il corridoio, sono sceso dai gradini e sono
rimasto lì fuori in strada e ho acceso una di quelle
sigarette dolci messicane al chiaro di luna.
emancipato e di nuovo umano
per soli 3 $, ho amato
quella notte, il Messico e
me stesso.

madman

*while
being
checked into the L.A. City jail (I
was still a bit drunk)
there was a crowd of prisoners waiting and
nobody noticed me smoking a cigarette
until some ash dropped off the end
then a cop screamed at me about how
"we kept this fucking place CLEAN!"
"oh," I said, and then the cop said,
"wise fucker, huh?... O.K., now you
get it!"
and he pushed me into a back room and
locked the door behind
me.
there behind a thick yellow floor-to-ceiling
wire screen was this total
madman
he saw me and screamed
ran violently toward me
smashed into the wire screen
bounced back
rushed the wire again
grabbing it
shaking it
wanting to get through it
trying to get at me
trying to kill me*

*it was frightening
but I was drunk
found another cigarette*

pazzo furioso

mentre
mi
incarceravano nella prigione di L.A. (ero
ancora un po' sbronzo)
c'era un gruppo di detenuti in attesa e
nessuno notava me che fumavo una sigaretta
fino a quando un po' di cenere è caduta per terra
e uno degli sbirri mi ha urlato qualcosa tipo:
"noi teniamo questo cazzo di posto PULITO!".
"oh," ho detto e allora lo sbirro ha detto:
"uno spaccone del cazzo, eh?... Ok, te la
sei voluta!"
e mi ha spinto in una stanza nel retro e
ha chiuso a chiave la porta alle mie
spalle.
lì dietro a uno spesso reticolato di ferro giallo
dal pavimento al soffitto, c'era un pazzo
furioso
mi ha visto e ha urlato
è corso rabbioso verso di me
schiantandosi contro la rete di ferro
è rimbalzato indietro
si è scagliato di nuovo contro la rete
afferrandola
scuotendola
volendo oltrepassarla
cercando di prendermi
cercando di uccidermi

era spaventoso
ma io ero sbronzo
ho trovato un'altra sigaretta

*lit it trembling
pushed it through the wire
expecting to get my hand ripped
off
he took the smoke
put it to his lips
inhaled
exhaled*

*I lit up
also
and we stood there together
smoking.*

*that's the way the cop
found us
when he opened the door
behind
me.*

*"son of a bitch," he said, "that's
beautiful, I wish I could let
you go for that."*

*"I wish you could too,"
I told him.*

*"come on," he
said.*

*as we walked out the door
the madman grabbed the wire again and
screamed
screamed
screamed
he rattled and banged the
wire
that thick wire
with the yellow paint flaking off
revealing the
pale grey paint
underneath.*

l'ho accesa tremando
l'ho spinta al di là della rete
temendo che mi strappasse via la
mano
ha preso la sigaretta
l'ha portata alle labbra
ha inalato
ha esalato

ne ho accesa una
anch'io
e siamo rimasti lì insieme
a fumare

così ci ha trovati
lo sbirro
quando ha aperto la porta
dietro di
me.

"figlio di puttana," ha detto, "è
bellissimo, vorrei poterti
lasciare andare solo per questo."

"anch'io vorrei che tu potessi farlo,"
gli ho detto.

"forza andiamo," ha
detto.

mentre uscivamo dalla porta
il pazzo ha afferrato la rete di nuovo e ha
urlato
urlato
urlato
scuoteva e colpiva la
rete
quella rete spessa
con la vernice gialla scrostata
che lasciava intravedere
la vernice grigio pallido
sotto.

nazi

*suicide
in a
wino hotel*

*turn him on his
back*

*find the front
of him*

*chest
arms*

*sailing ships
snakes
girls*

*and even such
words as
love
Annie, words such as
Mother*

*and the secret tattoo
on the neck
that only jailbirds
know*

*he's picked cotton
rode the freights
worked the track gangs*

nazi

suicida
in un
hotel d'avvinazzati

giralo di
schiena

trova il
davanti

torace
braccia

barche che veleggiano
serpenti
ragazze

e perfino
parole come
amore
Annie, parole come
Madre

e il tatuaggio segreto
sul collo
che solo i galeotti
conoscono

ha raccolto cotone
viaggiato su treni merce
lavorato con la cricca delle ferrovie

maybe killed somebody

*suicide in a
wino hotel:
now he's killed
somebody*

*turn him on his
back*

*find the front
of him*

*tears of the mountains
prints of the lonely fox*

*God's mark
like a swastika*

magari persino ucciso qualcuno

suicida in un
hotel d'avvinazzati:
adesso sì che ha ucciso
qualcuno

giralo di
schiena

trova il
davanti

lacrime dei monti
orme della volpe solitaria

il marchio di Dio
come una svastica

16 Jap machine gun bullets

*Norman
Jimmy
Max killed in World War II
while I hid in old roominghouses
in Philadelphia and San
Francisco
listening to
Mozart and Bach.*

*others fared differently:
with George it was a bad
liver. Dale died of misled
ambition. Nick went the common hard way of
cancer.
Harry of a
wife and 5 beautiful children.*

*Jimmy had it right–
trying to bring that bomber back to
England with the motors shot
out. Norman had it
right–
taking 3 hours to die from
16 Jap machine gun bullets.*

*now we've all got it quite right–
sitting around reading the
comic strips
drinking warm wine and
rolling smokes.
at 6 in the evening we charm our blood and
our manner*

16 proiettili di mitragliatrice Jap

Norman
Jimmy
Max uccisi nella II Guerra mondiale
mentre io mi nascondevo in vecchie camere ammobiliate
a Filadelfia e a San
Francisco
ascoltando
Mozart e Bach.

altri sono finiti diversamente:
per George è stato il fegato
malandato. Dale è morto per ambizione
smodata. Nick se ne è andato nel solito duro modo
del cancro.
Harry per una
moglie e 5 bei figli.

Jimmy l'ha fatto nel modo giusto –
cercando di riportare quel bombardiere in
Inghilterra con i motori crivellati di
colpi. Norman l'ha fatto nel modo
giusto –
impiegando 3 ore a morire per
16 proiettili di una mitragliatrice Jap.

ora quasi tutti noi abbiamo fatto bene –
a starcene spaparanzati a leggere
fumetti
a bere vino caldo e
a rollare sigarette.
alle 6 di sera stordiamo il nostro sangue e
i nostri modi

*as we walk our faces through the
spiderwebs.*

*we've got it right
we've got it right–
the raven and the waves
the tired sunsets and the tired
people–
it takes a lifetime to die and
no time at
all.*

mentre spingiamo le nostre facce oltre le
ragnatele.

abbiamo fatto bene
abbiamo fatto bene –
il corvo e le onde
gli stanchi tramonti e la gente
stanca –
si può impiegare una vita a morire o
meno di un
attimo.

bar stool

*each day and each night were
about the same.
the bartender let me in at
5 a.m.
I had to listen to his stories
as he mopped the place up
and got things
ready
but the drinks were free
until 7 a.m. when the bar
opened.*

*the 7 a.m. crowd was a
good one,
I could usually work them
for some drinks
but by 8:15 a.m. there were
few patrons left.
I had to nurse my drinks
and wait.*

*I used the few coins I had
to keep the drinks slowly
arriving.
the painful time came
when I ran out of
coin.
the trick was to never
empty your glass.
it was a rule: as long as
you had something in*

il mio sgabello da bar

tutti i giorni e tutte le notti erano
quasi uguali.
il barista mi lasciava entrare alle
5 di mattina.
dovevo sorbirmi i suoi racconti
mentre lavava il locale
e preparava le
cose
ma le bevute erano gratis
fino alle 7 quando il bar
apriva.

i clienti delle 7 erano
generosi,
di solito me li lavoravo
per farmi offrire qualche bicchiere
ma alle 8.15 restavano
pochi avventori.
dovevo centellinare i drink
e aspettare.

spendevo i pochi spiccioli che avevo
per mantenere il lento flusso delle mie
ordinazioni.
il momento dolente arrivava
quando finivo le
monete.
il trucco era mai
svuotare il bicchiere.
era una regola: fino a quando
avevi qualcosa nel

*your glass you
stayed.*

*sometimes the time
really bludgeoned
me
and my damned
tongue was hanging
out too.*

*at noon a few
more would drift in,
they all knew
me.
I put on a good
late night
show—
wild sentences of
gibberish,
fist fights,
even a few
profound
statements,
and the times
I had money
I bought for
everybody.
I was the nut.
the good guy.
the bad
guy.
but in the daylight
hours I had
no zip.
those were the
hard hours.
I had to milk
those drab suckers
for
drinks.
one way or the other
I got them,*

bicchiere
rimanevi.

a volte il tempo
mi
martellava
e persino la mia dannata
lingua
penzolava.

a mezzogiorno qualche
altro cliente si trascinava dentro,
mi conoscevano
tutti.
mi esibivo in un bello
show
a tarda notte –
frasi selvagge con discorsi
inarticolati,
scazzottate,
persino qualche
dichiarazione
profonda,
e le volte che
avevo soldi
offrivo a
tutti.
ero il matto.
il bravo ragazzo.
il cattivo
ragazzo.
ma nelle ore
di luce non avevo
energia.
quelle erano le
ore difficili.
dovevo mungere
quei cazzoni ammuffiti
per un
bicchiere.
in un modo o nell'altro
ci riuscivo,

*ran errands,
got a little
coin.*

*as the afternoon
went toward
evening
things began to
get better,
I got drunker,
more inventive,
more interesting,
it got into party
time,
good luck
time.*

*and the nights
were great.
drinks arrived
before me
and I had no
idea where they
had
come
from.*

*sometimes the
nights and the days
got mixed up.
I seemed to be
sitting in daylight
and then it was
dark all at once,
or it worked the
other way around,
it was dark
and in the next
moment
it was daylight.*

con piccole commissioni,
mi beccavo una
monetina.

mentre il pomeriggio
volgeva a
sera
le cose cominciavano a
migliorare,
io ero più ubriaco,
più inventivo,
più interessante,
e allora sì che iniziava la
festa,
le ore
fortunate.

e le nottate
erano meravigliose.
i bicchieri mi apparivano
davanti
e non avevo
idea
da
dove
arrivassero.

a volte le
notti e i giorni
si mischiavano.
credevo di essere
seduto alla luce del sole
e poi di colpo
era buio,
o capitava
il contrario,
era buio
e un attimo
dopo
era chiaro.

*I once asked the
bartender, "hey,
Jim, did you notice
that it was dark
and now the sun
is shining!
isn't that strange?"*

*"no," he answered,
"you went to your
room and then came
back again."*

*at times I resented
my role.
the patrons were
hardly intellectual,
there was a lifeless
and satisfied deadness
about them
and yet I had to
depend upon their
whims.
I was on
that bar stool for
3 years from 5 a.m.
to 2 a.m.
I must have slept
while I drank.
I believe that I was
trying to kill myself
with drink and
back alley
brawls
but it wasn't
working.
my greatest problem
were my toenails
which I never
cut
and which pained*

una volta ho chiesto al
barista, "ehi,
Jim, hai notato
che era buio
e adesso il sole
splende!
non è strano?".

"no," aveva risposto,
"sei andato in
camera e poi sei
ritornato."

a volte mi irritava
il mio ruolo.
gli avventori non erano
certo degli intellettuali,
c'era una sorta di apatica
e compiaciuta mortalità
che li pervadeva.
eppure dovevo
dipendere dai loro
capricci.
sono stato
su quello sgabello per
3 anni dalle 5 di mattina
alle 2 di notte.
devo aver dormito
mentre trincavo.
credo che stessi
tentando di ammazzarmi
con le bevute e
le risse
nei vicoli sul retro
ma non stava
funzionando.
il mio problema più grave
erano le unghie dei piedi
che non tagliavo
mai
e che mi facevano male

*me in my
shoes.
but eventually
they broke off
or the whole
nail would fall
off
leaving that
tender flesh
plus
a few split
lips,
mangled fingers,
lumps on the
knee
from falling,
and that was the
extent of
it.*

*I was evicted from
room after room
but always managed
to find
another.*

*it was as good a
life as I could
eke out.*

*I was avoiding
becoming ensnared
in a common
manner of
living.
I truly believed
that this was
important to me
when everything
else was
not.*

nelle
scarpe.
ma alla fine
si spezzavano
o l'intera
unghia
cadeva
scoprendo quella
carne tenera
oltre
a qualche labbro
rotto,
dita rotte,
lividi sul
ginocchio
per le cadute,
e questo era il massimo
che mi poteva
capitare.

mi hanno sfrattato di
stanza in stanza
ma riuscivo sempre
a trovarne
un'altra.

era il lunario
migliore che riuscivo
a sbarcare

stavo evitando
di farmi intrappolare
in un genere
di vita
ordinario.
credevo davvero
che questo fosse
importante per me
quando tutto il
resto non lo
era.

*and the one
stool was
mine.*

*the one down
at the end of
the
bar.*

*it was all that
I owned.
it was all that
I needed.*

*there was no
other man
I preferred to be
or no
other way that
I preferred.*

*I was at the
peak of my
courage,
sitting there
waiting for
that next
drink.
do you see
what I
mean?*

e quello
sgabello era
mio.

quello giù
in fondo
al
bancone.

era tutto quello
che avevo.
era tutto quello che
mi serviva.

non volevo
essere
nessun altro
né vivere
in nessun
altro modo.

ero
all'apice del mio
coraggio,
seduto là dentro
in attesa di
quel prossimo
bicchiere.
capisci
cosa
intendo?

the mirror game

*Peter was a freak, Peter was fat, Peter
was dumb, Peter was clumsy, Peter stuttered
and Peter stumbled and the girls giggled at
Peter and the boys taunted him, and Peter
was often kept after school and Peter's glasses
always fell off and his shoe-
laces were untied and his shirttail hung
out and his clothing was unlike anything
we'd ever seen and Peter always sat
in a back seat in class with snot running
from his nose.*

*that was then. that was grammar school and
junior high, and time went
on and
now
Peter never drives his expensive car more than
one year and he always has a new and
beautiful girlfriend and he no longer wears
glasses and he has thinned down, looks almost handsome but certainly assured, he
has a home in Mexico and a home in Hollywood.
Peter deals in art work and the stock
market, he speaks three languages, has a
yacht and a private plane and he also
sometimes produces movies.*

*those who knew him then don't know him
now.
something*

gioco di specchi

Peter era uno strambo, Peter era grasso, Peter
era stupido, Peter era goffo, Peter tartagliava
e Peter inciampava e le ragazze ridevano di
Peter e i ragazzi lo perseguitavano, e Peter
spesso era trattenuto dopo le lezioni e gli
occhiali di Peter gli cadevano sempre e le stringhe delle
scarpe erano slacciate e la camicia mezza
fuori e i suoi vestiti erano come non se ne erano mai
visti e Peter si sedeva sempre
nel banco in fondo all'aula con la candela che gli
scendeva dal naso.

questo era allora, alle elementari e alle
medie, e la vita è andata
avanti e
adesso
Peter non guida mai la stessa auto di lusso per
più di un anno e ha sempre una nuova
ragazza bellissima e non porta più gli
occhiali e si è assottigliato, sembra quasi affascinante e certamente è sicuro di sé, ha
una casa in Messico e una a Holly-
wood.
Peter commercia in arte e in
borsa, parla tre lingue, ha uno
yacht e un aereo privato e inoltre
a volte produce film.

quelli che lo conoscevano prima non lo conoscono
adesso.
qualcosa

*happened, what the hell
was it?*

*and most of the golden boys of yore
who are still around now
are misshapen, beaten, inglorious,
idiotic, homeless, senile or
dying.*

*it seldom works the way we think it
works.
in fact, it never
does.*

è successo, che diavolo
è stato?

e la maggior parte dei giovani rampanti dell'epoca
quelli che sono ancora in circolazione
sono deformi, sconfitti, sconosciuti,
idioti, senza casa, decrepiti o
moribondi.

raramente va nel modo in cui noi pensiamo che
vada.
infatti, non succede
mai.

liar, liar, pants on fire!

*bunch of guys sitting there drinking and Louie
started in, said he was in this bedroom
working out when the woman under him said,
"it's my husband! I hear his key in the front
door!"
Louie jumped up, there was only one way
out, through the bathroom window, it was
two floors up but he went for it anyhow,
leaving his pants, his shirt, shoes, everything there,
he climbed out the window, ass-naked, and
let himself down by the drainpipe.
three quarters of the way down he fell to the
ground, got up with a sprained and twisted
ankle and hobbled to his car
which was parked in back and drove off
with a roar, away into the night totally
naked but still alive!*

*the guys laughed, "Man, Louie, you got
away with it!"*

*the way I saw it, Louie couldn't have
started his car without his
pants with the keys in them.
I knew that I could expose him, but
what was the good?*

*another fellow with a bullshit
story while I was thinking up one of my
own.*

pinocchio, pinocchio, ti cresce il naso!

gruppo di ragazzotti seduti a bere e Louie
ha cominciato, dicendo che era nella tal camera da letto
che ci dava dentro quando la donna sotto di lui ha detto,
"è mio marito! sento la chiave nella porta
d'ingresso!".
Louie è saltato in piedi, c'era solo
un'uscita, la finestra del bagno, era al
secondo piano ma l'ha fatto comunque,
lasciando pantaloni, camicia, scarpe, tutto lì,
si è arrampicato fuori dalla finestra, culo al vento, e
si è calato dal pluviale.
ormai a tre quarti della discesa è caduto
a terra, si è rialzato con una slogatura e una distorsione
alla caviglia e ha zoppicato fino alla macchina
che era parcheggiata sul retro e si è allontanato
rombando, via nella notte nudo come
un verme ma ancora vivo!

i ragazzi ridevano, "cazzo, Louie, ti
è andata bene!".

per come la vedevo io, Louie non poteva
mettere in moto la macchina senza i
pantaloni con le chiavi in tasca,
sapevo che potevo svergognarlo, ma
cosa ci guadagnavo?

un altro tizio con una storia del cazzo
mentre stavo già pensandone una delle
mie.

the inspection

it was a small dusty town in east Texas
full of wild turkeys.
I had just married the
daughter
and they had come to her
house to see who I
was.
all the relatives and the
devil knows
who else.

now it was over
and I was sitting on the
edge of the bed
sucking on a beer
bottle
and my wife stood
there.

"they liked you,"
she said.

"yeah?"

"they expected some city
boy, not
you."

"ah?"

"you drank more

l'ispezione

era una piccola città polverosa del Texas dell'Est
piena di tacchini selvatici.
avevo appena sposato la
figlia
ed erano venuti a casa di
lei per vedere chi
fossi.
tutti i parenti e solo il
diavolo sa
chi altro.

adesso se ne erano andati
e io ero seduto
sul bordo del letto
a tracannare una bottiglia di
birra
e mia moglie era lì
in piedi.

"gli sei piaciuto,"
ha detto lei.

"sì?"

"si aspettavano un ragazzo di
città, non uno come
te."

"eh?"

"hai bevuto più

*whiskey than any of
them, even Uncle
Paul, and you
didn't even
blink."*

*"it was good
whiskey."*

*"you're accepted," said my
wife. "they won't
bother us."*

*"are they supposed
to?"*

*"they ran off my
last one..."*

*"your last one?
wait a minute
here..."*

"we were engaged."

"anybody I know?"

she laughed.

*"also, when they used
the word 'nigger' you
didn't protest."*

*"I thought they were
talking to me.
hell, baby, I'm a
nigger."*

*I walked to the
kitchen and got
another beer.
all the whiskey*

whiskey di tutti
loro, perfino dello zio
Paul, e non hai
neppure fatto una
piega."

"era buon
whiskey."

"sei stato accettato," ha detto mia
moglie, "non ci
seccheranno."

"perché
dovrebbero?"

"hanno scacciato il mio
ultimo…"

"il tuo ultimo cosa?
calma un
attimo…"

"eravamo fidanzati."

"qualcuno che conosco?"

lei è scoppiata a ridere.

"in più, quando hanno usato
la parola 'negro' non
hai protestato."

"pensavo stessero
riferendosi a me.
diavolo, piccola, io sono un
negro."

sono andato in
cucina e ho preso
un'altra birra.
tutto il whiskey

was gone.
when I got back
she was standing
there
smiling.

"but you know,"
she said, "what
made the
biggest hit?"

"no, tell me..."

"it was when you walked
out wearing those filthy
blue jeans!"

"yeah?"

"oh, yes!
they won't chase you off
now!"

I had passed
muster.

the parade could
begin.

era finito.
quando sono tornato
lei era lì
in piedi
e sorrideva.

"ma sai,"
ha detto, "qual
è stato
il *colpaccio*?"

"no, dimmelo..."

"è stato quando sei
uscito con quei blue jeans
luridi!"

"ah sì?"

"oh, sì!
non ti scacceranno più
adesso!"

avevo passato
l'ispezione.

la parata poteva
cominciare.

somewhere in Texas

*sitting in a big ranch house with a grandmother
and a grandfather (not mine) and the grandmother
tells me she has "terrible migraines" and doesn't
know what to do.
I know she has one then and the reason is
that I am sitting in her house.
the grandfather asks me if I want a drink and I tell
him yes and he pours me a whiskey and
water
and my wife walks out and says, "don't start him
too early, it leads to trouble."
I slam the drink down, look at the grandfather, ask,
"how about another just like that last one?"
my wife walks away.
the afternoon winds down as I sit drinking with gramps
and then gramps falls asleep in his chair and I help
myself to more.
I sit with the setting sun in my eyes and it feels
good.
after a while I walk into the yard and there's an
Indian.
I sit on the ground and watch him build a
chicken coop.
after a while I ask him, "want a drink?"
he says no.
a no-fun guy.
I walk back into the house.
grandpop is still asleep.
grandma still has her migraine.
I walk through the house.
I walk back to the bedroom.
my wife is standing there.*

da qualche parte in Texas

seduto in una grande casa di campagna con nonna
e nonno (non miei) e la nonna
mi dice che soffre di "terribili emicranie" e non
sa che fare.
io so che lei proprio adesso ne ha una e il motivo è
che sono lì a casa sua.
il nonno mi chiede se voglio bere e gli
dico di sì e mi versa un whiskey con
acqua
e mia moglie esce e dice, "non farlo cominciare
troppo presto, se no poi sono guai".
butto giù il whiskey, guardo il nonno, chiedo,
"che ne dici di un altro come questo?"
mia moglie se ne va.
il pomeriggio si assottiglia mentre bevo con il nonnino
e poi lui si addormenta sulla sedia e io me ne verso altri.
sto qui con il sole che mi tramonta negli occhi e mi
piace.
dopo un po' vado nel cortile e c'è un
indiano.
mi siedo per terra e lo guardo costruire una
stia per polli.
dopo un po' gli chiedo, "vuoi bere?"
e lui mi dice di no.
che tizio moscio.
ritorno in casa.
il nonno è addormentato.
la nonna ha sempre l'emicrania.
cammino per casa.
vado in camera da letto.
e lì c'è mia moglie.

"you son-of-a-bitch," she says.
"of course," I say.
I flop down on the bed, look up at the
ceiling.
among the cracks I make out an angel, a goat and a
lion.

my wife walks out of the room.
I wonder what they pay the Indian.
not much: room, board, a pot to piss
in.
I decide to sleep.
maybe later that night things would look
better.

"brutto figlio di puttana," mi dice.
"certo," le dico.
mi sbatto sul letto, guardo il
soffitto.
con le crepe immagino un angelo, una capra e un
leone.

mia moglie esce dalla stanza.
mi chiedo quanto paghino l'indiano.
non molto: una stanza, vitto, un pitale per
pisciare.
decido di dormire.
magari più tardi stasera le cose sembreranno
migliori.

city boy

*I stopped in Wyoming to drink in a bar
in Cheyenne.
maybe I looked Los Angeles.
one guy at the bar asked another,
"you wearin' boots?"
and the other guy answered,
"yeah, I'm wearin' boots."
I was sitting between them and
they talked around me.
"I don't think you're wearin' boots,"
the first guy said.
"well, I am," the other guy answered.
then it got quiet and they just looked at
each other.*

*I took a hit of my beer bottle,
set it down.*

*"nobody asked me," I said, "but
I'm going to tell you anyhow.
I've never worn boots and I hope that I
go to my grave never wearing
boots."*

*"maybe that can be arranged,"
said the first guy.*

*"that's possible," I said, "but who's
going to arrange it?"*

*"oh, that won't be any problem,"
said the first guy.*

ragazzo di città

mi sono fermato nel Wyoming a bere in un bar
a Cheyenne.
forse avevo l'aria da Los Angeles.
un tizio al bancone ha chiesto a un altro,
"hai su gli stivali?"
e l'altro tizio ha risposto,
"sì, ho su gli stivali".
ero seduto tra loro e si
parlavano spostandosi avanti e indietro.
"non penso che hai su gli stivali,"
ha detto il primo tizio.
"be', invece sì," ha risposto l'altro.
poi non hanno più parlato ma si guardavano
a vicenda.

ho preso una sorsata dalla bottiglia di birra,
l'ho appoggiata.

"nessuno me l'ha chiesto," ho detto, "ma
sto per dirvelo comunque.
non ho mai portato stivali e spero di
andare nella tomba senza mai
indossarli."

"forse a quello possiamo provvedere noi,"
ha detto il primo tizio.

"è possibile," ho detto, "ma chi
provvederà alla cosa?".

"oh, quello non sarà un problema,"
ha detto il primo.

"it's at least going to cause some kind of a problem, don't you think?" I said.

"no, not much."

"well, maybe not, but I am kind of curious. who's going to do the arranging? you?"

"maybe."

"you're going to let me wonder, huh?"

"yep."

"well, while I'm wondering, I think I'll have a drink of whiskey.
hey, bartender!"

this big guy came ambling down.

"yeah?"

"will you please pour me a shot of whiskey to wonder over?"

he ambled off to get it.

it got quiet in there.

my whiskey came ambling back.

I slammed it down.

"I kind of like this town," I said, "I think I'll stay awhile."

"maybe," said the guy who had been doing all the talking.

"you're full of maybies," I said.

"quanto meno causerà qualche
problema, non trovi?" ho detto.

"no, non molti."

"be', forse no, ma sono un po'
curioso. chi provvederà
alla cosa? tu?"

"forse."

"mi lasci in sospeso,
eh?"

"già."

"be', mentre sto qui a chiedermelo, penso
che berrò un whiskey.
ehi, barista!"

il grosso tizio si è avvicinato lemme lemme.

"see?"

"per favore mi versi un cicchetto di
whiskey per rimuginare?"

se ne è andato lemme lemme a prenderlo.

è calato il silenzio.

il mio whiskey è arrivato lemme lemme.

l'ho buttato giù.

"non male questa città," ho detto, "penso che mi
fermerò un po'."

"forse," ha detto quello che aveva parlato fino
a quel momento.

"sei pieno di forse," ho detto.

"how'd you get that way?"

*"maybe I'm not going to tell
you."*

*then it was quiet again, there were
6 or 7 guys in that
bar.*

I took a hit of my beer.

*then I looked at the other guy
sitting next to me.*

*"you're not wearing boots,"
I told him.*

"didn't say I was."

*then it got very quiet.
everybody just sat there.*

it stayed quiet.

*"bartender," I said finally, "a round of drinks
for everybody."*

they were all drinking beer.

*the bartender went about setting up
new beers.
then he was finished.*

*I put some bills on the bar.
the bartender came down and
took all of them.*

*he walked down to the register,
hit it and dropped my money
into it.*

"come hai fatto a diventare così?"

"mi sa che non te lo
dico."

poi silenzio di nuovo, c'erano
6 o 7 tizi nel
bar.

ho buttato giù un sorso di birra.

ho guardato quell'altro che era seduto vicino
a me.

"tu non porti gli stivali,"
gli ho detto.

"non ho mica detto che li avevo."

era di nuovo calma piatta.
tutti seduti senza fiatare.

è rimasto così per un po'.

"barista," ho detto alla fine, "un giro da bere
per tutti."

stavano tutti bevendo birra.

il barista ha distribuito le
nuove birre.
poi ha finito il giro.

ho messo alcuni dollari sul bancone.
il barista è arrivato e
li ha presi tutti.

è andato alla cassa,
ha pigiato un tasto e ha lasciato cadere i miei soldi
dentro.

*then he took a rag and mopped
the bar.*

*I got up and walked to the
door.
then I turned and looked.*

*the bartender was still mopping
the bar.
the other guys just sat
looking straight ahead.*

*I turned and walked out
of the bar.*

*nobody said
goodbye.*

poi ha preso uno straccio e ha pulito
il bancone.

mi sono alzato e sono andato verso
l'uscita.
mi sono voltato a guardare.

il barista stava ancora pulendo
il bancone.
gli altri se ne stavano lì seduti
con lo sguardo fisso in avanti.

mi sono girato e sono uscito
dal bar.

nessuno ha
salutato.

the strange morning outside the bar

*it had never happened before and one doesn't
know how such things can
happen.*

*it was about 11 a.m. and I had stopped
outside for some air.
Danny walked up and I started talking
to Danny.
then Harry walked up and joined us
on the corner.*

*then I noticed two other men
stop and begin talking
to each other a few feet away.*

*"let's go in for a drink," I said to
Danny and Harry.*

*"no, it's nice out here," said Danny,
"let's gab awhile."*

so we did.

*then I noticed some more men
arrive.
some were talking, others
just stood there.*

it happened slowly.

*more and more men arrived
at the corner.*

quella strana mattina fuori dal bar

non era mai successo prima e non si
sa perché certe cose
succedono.

erano circa le 11 di mattina e mi ero fermato
fuori dal bar per una boccata d'aria.
Danny si è avvicinato e ho cominciato a parlare
con Danny.
poi si è avvicinato Harry e si è unito a noi
all'angolo.

poi ho notato altri due
fermarsi e cominciare a parlare
tra loro qualche metro più in là.

"rientriamo a farci un bicchiere," ho detto a
Danny e a Harry.

"no, si sta bene qui fuori," ha detto Danny,
"chiacchieriamo ancora un po'."

e così abbiamo fatto.

poi ho notato che ne arrivavano
altri.
alcuni parlavano, altri
se ne stavano lì così.

è successo tutto lentamente.

arrivava sempre più gente
in quell'angolo.

it was getting crowded.

*it was getting almost
humorous.*

*there was something
strange in the air,
you could feel it.*

*there were many voices
now.
and more men arrived.
I don't know where they
came from.*

*they stood around
talking,
laughing,
and smoking
cigarettes.*

*Jim the bartender stuck
his head out the door
and asked,
"hey, what the hell's
going on out here?"*

somebody laughed.

*Jim went back inside to
the empty bar.*

*I began to feel very
strange about it all,
as if the world had
decided to change,
all at once.*

stava diventando affollato.

e stava diventando quasi
ridicolo.

c'era qualcosa di
strano nell'aria,
lo si avvertiva.

c'erano tante voci
adesso.
e sono arrivati altri uomini.
non so da dove
venissero.

ciondolavano
parlando,
ridendo,
e fumando
sigarette.

Jim il barista ha messo
la testa fuori dalla porta
e ha chiesto:
"ehi, che diavolo
sta succedendo qui fuori?".

qualcuno ha riso.

Jim è rientrato nel
bar vuoto.

ho cominciato a sentirmi strano
per questa cosa.
come se il mondo avesse
deciso di cambiare
all'improvviso.

*there was a feeling of
joy and gamble in
the air.
I believe that everybody
felt it.*

*it was a powerful energy
let loose and working
upon itself.*

*then Jack the cop
walked up.
"hey, you guys,
break it up!
what the hell is all
this?"*

*we all knew Jack,
we drank with him
at night.*

*soon Jack was standing there
talking and listening
to the others.*

*Danny grinned, "Jesus,
this is very strange."*

"I like it," I said.

*the whole corner was
crowded with
humanity
finally cut loose and
free,
laughing.*

*cars slowed down and the
drivers looked out
wondering what was
happening.*

c'era una sensazione di
gioia e di sfida
nell'aria.
credo che tutti
la sentissero.

una grande energia si era
liberata e condizionava
tutto.

poi Jack lo sbirro
si è avvicinato.
"ehi ragazzi,
dateci un taglio!
che diavolo sta
succedendo?"

conoscevamo tutti Jack,
bevevamo con lui
di sera.

poco dopo anche Jack era lì con noi
a parlare e ad ascoltare
gli altri.

Danny ha ringhiato, "Cristo,
è tutto molto strano".

"mi piace," ho detto.

l'intero angolo era
affollato di
varia umanità
finalmente sciolta da vincoli e
libera,
che rideva.

le auto si fermavano e i
conducenti si guardavano intorno
chiedendosi cosa stava
succedendo.

*we didn't
know.*

*finally I said,
"I can't stand this
anymore, I'm going in
for a drink."*

*Danny and Harry
followed me
in.*

*soon a few others
followed.*

*"lot of guys out there,"
said the bartender.*

*"yeah," said Harry, "but
where are the
women?"*

*"the women don't
want anything to do
with bums like us,"
said Danny.*

*we each had a couple
of drinks.
it took maybe 15 or
20 minutes.*

*then I went to the
door and looked
out.
everybody was
gone.*

*I came back and
sat down.*

non lo
sapevamo.

alla fine ho detto,
"non ce la faccio
più, io entro
a farmi un bicchiere".

Danny e Harry
mi hanno seguito
dentro.

poco dopo alcuni altri
ci hanno seguito.

"un sacco di ragazzi là fuori,"
ha detto il barista.

"già," ha detto Harry, "ma
dove sono le
donne?"

"le donne non
vogliono avere nulla a che fare
con barboni come noi,"
ha detto Danny.

ci siamo fatti un paio di bicchieri
a testa.
sono passati forse 15 o
20 minuti.

poi sono andato alla
porta e ho guardato
fuori.
se ne erano andati
tutti.

sono ritornato e
mi sono seduto.

*"wonder where they
went?"*

*"strangest morning of
my life," said
Danny.*

*"yeah," said
Harry.*

*we sat there thinking
about it.
then Danny started
talking about how his
parents were going to
throw him out for
too much
drinking.*

*Jim the bartender
stood there polishing
glasses
and things were back
to normal,
even to wondering
who was going to
buy the next
round.*

"chissà dove sono
andati?"

"la mattina più strana della
mia vita," ha detto
Danny.

"già," ha detto
Harry.

siamo rimasti lì un attimo a
pensarci su.
poi Danny ha cominciato
a parlare di come i suoi
genitori stavano per
buttarlo fuori di casa perché
beveva
troppo.

Jim il barista
era intento a pulire
bicchieri
e tutto era tornato
come al solito,
tanto da chiederci
chi avrebbe
offerto il prossimo
giro.

a $15 boy and a $1500 casket

we can get you a nice boy with
soprano voice to sing behind a purple
curtain for just
$15, and I say
all right
all right, and my uncle says,
men like mahogany, you ought to get him the
mahogany, and I think,
doesn't he realize that this man is dead?
all right, I say.
the mahogany is $1500.

a day or so later
outside the parlor
getting a coffee
I meet my father's best friend
who tells me all his
troubles, and I say,
look, Bert, hate to interrupt you, but
I think I'm late, and
I run across the street
with Bert behind me,
and sure, they were waiting for me,
and I sat down and they
began.

they had the lid open on the coffin
and my $15 boy began to
sing, but I'd always hated my father,
still did, and then they lined up
to walk past his

un ragazzo da 15 $ e una cassa da 1500 $

possiamo trovarti un bravo ragazzo con
voce da soprano che canta dietro a un drappo
viola per solo
15 $ e io dico
va bene
va bene, e mio zio dice,
agli uomini piace il mogano, devi prendergli
il mogano, e io penso,
ma non si rende conto che quest'uomo è morto?
va bene, dico.
il mogano costa 1500 $.

un paio di giorni dopo
fuori dalle pompe funebri
mentre prendo un caffè
incontro il miglior amico di mio padre
che mi racconta tutti i suoi
problemi, e io dico,
senti, Bert, odio interromperti, ma
credo di essere in ritardo, e
corro dall'altra parte della strada
con Bert dietro,
e infatti, mi stanno aspettando,
e appena seduto loro
cominciano.

avevano il coperchio aperto della bara
e il mio ragazzo da 15 $ ha cominciato a
cantare, ma io avevo sempre odiato mio padre,
e lo odiavo ancora, e poi si sono messi in fila
per passare davanti alla

*coffin. I was the last, being the
son.*

*I should spit on his phoney face,
I thought, but then his girlfriend
who was right ahead of me
started weeping, moaning and
lifted that dead head up out of the coffin
and started kissing that dead head,
those dead lips.*

*well, the old boy had finally turned out to be
a lady's man.*

*I really didn't care
but I reached over and pulled the heads apart,
the dead one and the living one,
pushed her off, watched the old man's head
flop back into the casket,
not so nice now,
the rouge and powder smeared,
the cotton in the jaws pushed around,
lines and age showing, I knew I'd soon be dead too
but what a hell of a way to do it,
a $15 boy and a $1500 casket
when everybody knew what a son-of-a-bitch he
had been,
and when I walked down the steps
there she was
after kissing the dead head of that son-of-a-bitch,
she grabbed me, kissed me, sobbing
she tongued me
managing to say,
you look just like him, and
that made me mad
and I pushed her off
walked down the steps
drove to Santa Anita
met a high yellow
won $185
went to her place
had steak salad whiskey beer talk*

bara. io ero l'ultimo, essendo il
figlio.

dovrei sputare su quella faccia da falso,
ho pensato, ma poi la sua donna
che era proprio davanti a me
ha cominciato a piangere, a gemere e
gli ha sollevato la testa morta dalla bara
e ha cominciato a baciare quella testa morta,
quelle labbra morte.

be', alla fine si è scoperto che il mio
vecchio era uno sciupafemmine.

in realtà non me ne fregava niente
ma sono andato vicino e ho separato le teste,
quella morta e quella viva,
l'ho spinta via, e ho guardato la testa del mio vecchio
ricadere nella cassa,
non più così bello adesso,
il rosso e la cipria sbavati,
il cotone delle mascelle fuori posto,
rughe ed età evidenti, sapevo che presto sarei morto anch'io
ma che modo del cazzo di farlo,
un ragazzo da 15 $ e una cassa da 1.500 $
quando tutti sapevano che figlio di puttana
era stato,
e quando sono sceso dai gradini
ecco lei
che dopo aver baciato la testa morta di quel figlio di
                                        puttana,
mi afferrava, mi baciava, singhiozzando
mi ficcava la lingua in bocca
riuscendo a dire,
sei proprio identico a lui, e
questo mi ha fatto incazzare
e l'ho spinta via
sceso dai gradini
andato a Santa Anita
incontrato stallona bionda
vinto 185 $
andato a casa sua
bistecca insalata whiskey birra chiacchiere

*went to bed together
and did it
several times*

*that was some years ago
but now every time I drive past that street
where she lived–
Irolo Street–*

*I think, yes the kissing of the dead head
the sleeping with the high yellow
the good day at the track
mahogany uncles be damned,
you worked with what was
left and forgot everything
else, which is the kindest way for
all of us.*

finiti a letto insieme
e fatto
diverse volte

questo succedeva molti anni fa
ma adesso ogni volta che passo dalla strada
dove abitava lei –
Irolo Street –

penso, sì, penso a quel bacio alla testa morta
all'essere finito a letto con la stallona bionda
alla giornata buona alle corse
siano dannati gli zii e il loro mogano,
ripartivi con ciò che ti era
rimasto e ti dimenticavi di tutto il
resto, che è il modo ideale per
ognuno di noi.

rosary

my father was a man full of small sayings:

"early to bed and early to rise..."

"a fool and his money..."

"you made your bed now lie in it..."

"a penny saved is..."

"do as I say, not as I have done..."

"if you don't succeed, suck eggs..."

there were others but I have forgotten them.
how he would toll them off, endlessly!

when he died I went to look at him in his casket.
everybody talked about how good he looked, "peaceful! look at him, how peaceful! they've fixed him up real nice!"

I just looked at him

rosario

mio padre traboccava di piccoli
proverbi:

"presto a letto e presto
alzato..."

"uno sciocco e i suoi soldi..."

"hai voluto la bicicletta adesso
pedala..."

"un centesimo risparmiato è..."

"fai come dico, non
come faccio..."

"se non hai successo, peggio per
te..."

ce n'erano altri ma li
ho dimenticati.
e come li sciorinava,
all'infinito!

quando è morto sono andato a guardarlo
nella bara.
tutti parlavano del bell'aspetto che
aveva, "sereno! guardalo,
che aspetto beato! l'hanno sistemato
proprio bene!".

io semplicemente lo guardavo

*almost expecting him to pop off
one of his sayings:*

*"a dead ass is better than no
ass at all..."*

*"don't you wonder where I'm chasing
daffodils now?"*

*but nothing happened so I walked
away
followed by uncle
who said, "hey, Henry, let's
go get something to eat!"*

*"I know just the place," I said.
"follow
me..."*

*I could almost hear him saying
from the casket:*

*"the way to a man's heart is
through his
stomach..."*

e quasi mi aspettavo che sparasse
uno dei suoi proverbi:

"piuttosto di niente è meglio
piuttosto..."

"non ti chiedi dove vado a
fare l'uovo adesso, eh?"

ma non è successo niente così sono andato
via
seguito dallo zio
che ha detto, "ehi, Henry,
andiamo a mangiarci qualcosa".

"conosco il posto giusto," ho detto.
"vieni con
me..."

potevo quasi sentirgli dire
dalla cassa:

"se vuoi conquistare il cuore di un uomo
prendilo per la
gola...".

the smirking dark

*when I buried my father, death stood there
and afterwards I got into my old car and drove
to the racetrack
and I stood there and watched the numbers flash
on the toteboard
and death still stood there
looking at all the people.
and I said, "you killed Dostoevsky."
he didn't answer, he just stood there.
I made a bet and lost, went to the men's room.
death followed me, stood there watching the men
at the urinals.
"you son-of-a-bitch," I said, "you made Van Gogh
blow himself away."
he didn't answer me.
then he followed me out.
he walked away, following a young girl in a red
dress.
I went and got a coffee, spilled some of it over
my fingers, it was hot.
I found a seat and thought about the next
race.
then death was back.
he was sitting next to me disguised as an old
guy with a scraggly white beard.
"who do you like in the next race?" he asked.
"you son-of-a-bitch," I said, "get away from
me!"
"what the hell's wrong with you?"
he asked.
"I told you, get the fuck away from
me!"*

il buio ammiccante

quando ho seppellito mio padre, la morte era lì
e alla fine sono salito sulla mia vecchia auto e sono
andato all'ippodromo
e sono rimasto lì a guardare i numeri lampeggiare
sul totalizzatore
e la morte era sempre lì
che osservava tutta quella gente.
e le ho detto: "hai ucciso Dostoevskij".
non ha risposto, se ne stava lì ferma.
ho piazzato una scommessa e ho perso, sono andato al
                                 gabinetto degli uomini.
la morte mi ha seguito, è rimasta lì a guardare gli
uomini agli orinatoi.
"brutta figlia di puttana," ho detto, "hai fatto sì che Van Gogh
si sparasse."
non mi ha risposto.
poi mi ha seguito fuori.
si è allontanata, seguendo una giovane ragazza in abito
rosso.
sono andato a prendermi un caffè, me ne sono versato
un po' sulle dita, era bollente.
ho trovato un posto per sedermi e ho pensato alla corsa
successiva.
poi è tornata la morte.
mi era seduta di fianco camuffata da
vecchio con la barba bianca incolta.
"chi ti piace nella prossima corsa?" ha chiesto.
"brutta figlia di puttana," ho detto, "stai alla larga da
me!"
"che diavolo hai?"
ha chiesto.
"te l'ho detto, vai fuori dai
coglioni!"

*he got up and moved
off.*

*I didn't see him anymore at the
track.
after the last race
I took the freeway on in.*

*after 3 miles traffic began to
slow down.
I stayed in the left lane and
rode it out.*

*then I saw it,
on the other side of the freeway
fence—
a pile-up, bad,
one car on its roof,
another crushed on the freeway
fence,
a flame was beginning to flicker under
the hood, red lights came flashing
and inside my gut
something sucked and banged.*

*I drove past.
I drove on.*

*I parked outside my place,
got out, went in.
I opened the door.
there was nobody there.*

*then I saw the teddy bear.
it was pushed face-down into the pillow
on the bed.*

*I walked quickly to the stocking
drawer where the money was
kept.*

si è alzata e se ne è
andata.

non l'ho più vista lì
all'ippodromo.
dopo l'ultima corsa
ho preso l'autostrada per rincasare.

dopo 5 chilometri il traffico ha cominciato
a rallentare.
sono rimasto nella corsia di sinistra e
l'ho superato.

poi l'ho visto,
dall'altra parte del guard-rail
dell'autostrada –
un maxitamponamento, brutto,
una macchina rovesciata sul tettuccio,
un'altra schiacciata contro il
guard-rail,
fiamme cominciavano a scoccare da sotto
al cofano, luci rosse arrivavano lampeggiando
e dentro le mie viscere
qualcosa si ritorceva e mi sconquassava.

li ho oltrepassati.
ho continuato a guidare.

ho parcheggiato fuori da casa mia,
sono sceso, sono entrato.
ho aperto la porta.
dentro non c'era nessuno.

poi ho visto l'orsacchiotto.
era messo con il muso contro il cuscino
sul letto.

sono andato in fretta verso il cassetto
delle calze dove tenevo i
soldi.

my shipping clerk money.
only half of it was gone.

nice, I thought.
real class, you bitch.

then the door opened and death
walked in.

"care for a drink?" I asked
him.

he didn't answer.

I walked to the kitchen to see
if there was one.

the centuries flashed
by.

as he stood
waiting.

la mia paga da spedizioniere.
ne era sparita solo metà.

mica male, ho pensato.
vera classe, brutta puttana.

poi la porta si è aperta e la morte
è entrata.

"ti va di bere qualcosa?" ho
chiesto.

non ha risposto.

sono andato in cucina a vedere
se c'era da bere.

i secoli mi scorrevano
davanti.

mentre lei era lì che
aspettava.

two crazies

we were the only two whites in the
factory.
he was real crazy, Max,
cocked neck, gangly thin arms, never
looked straight at anybody, well, he did
but it was only a quick glance from
atop a twisted neck and his eyes
were small and ugly and
dim, and he always wore brown:
brown shoes, brown shirt, brown
pants, brown socks
and his movements were
ungainly.
nobody ever spoke to him.
I was the other crazy
but the other workers didn't know
it.
I had a mean mouth, was good
with the quips and it gained me
some respect
but I was as out of it as
Max was.
I knew exactly how Max felt
and I think he knew how I felt
but it was a secret between
us.
we never spoke.
months went by and we never
spoke.
then one afternoon he spoke.
he turned and looked at me

due pazzi

eravamo gli unici due bianchi nella
fabbrica.
lui era proprio pazzo, Max,
collo curvo, braccia ossute sottili, non
guardava mai nessuno negli occhi, be', lo faceva, ma
solo per un attimo impercettibile
dall'alto del suo collo ritorto e aveva occhi
piccoli e brutti e
spenti, e vestiva sempre di marrone:
scarpe marrone, camicia marrone, pantaloni
marrone, calze marrone
e i suoi movimenti erano
goffi.
nessuno gli parlava mai.
io ero l'altro pazzo
ma gli altri operai non lo
sapevano.
avevo una boccaccia perfida, ero bravo
con le battute e questo mi aveva fatto conquistare
un certo rispetto
ma ero fuori di testa tanto
quanto Max.
sapevo esattamente come si sentiva Max
e penso che lui sapesse come mi sentivo io
ma era un segreto tra
noi.
non parlavamo mai.
passavano i mesi e noi non parlavamo
mai.
poi un pomeriggio ha parlato.
si è girato e mi ha guardato

*and said, "you don't have any
guts."*

*at lunch time we squared off
in the alley behind the shop.
Max rushed me, winging punches
but they were butterfly
punches.
I took him easy, bloodied his
nose right away, then just
started leveling off.
it was like fighting a girl.
he didn't have
it.
the fellows pulled me
away.
we went back in
and Max went to the
washroom to clean
himself up.*

*nothing happened between
Max and myself
after that.
a month went by
and one day Max didn't
show up
and we never saw him
again.*

*a week or so later
I was fired.*

*and both the crazy whites
were gone.*

*Max had been
right:
I didn't have any guts.
I was shacked with a woman
ten years older
and I was*

e ha detto, "tu non hai
palle".

all'ora di pranzo ci siamo affrontati
nel vicolo dietro al negozio.
Max mi è saltato addosso, sferrando pugni a vuoto
ma erano pugni di
farfalla.
l'ho battuto facile, gli ho fatto sanguinare
subito il naso, poi ho
cominciato a lavorarmelo.
era come combattere contro una ragazza.
non era
capace.
gli altri mi hanno tirato
via.
siamo tornati dentro
e Max è andato
nel gabinetto a
rimettersi in ordine.

non è successo più niente tra
me e Max
dopo quella volta.
è passato un mese
e un giorno Max non
si è presentato
e non l'abbiamo mai più
rivisto.

circa una settimana dopo
sono stato licenziato.

e così i due bianchi pazzi
non c'erano più.

Max aveva
ragione:
non avevo palle.
me la facevo con una donna
di dieci anni più vecchia
ed ero

*pussy-whipped
and lost in my own dream.
and if that ain't crazy,
I'd rather
be.*

figa-dipendente
e perso in un sogno tutto mio.
e se questo non vuol dire essere pazzo,
allora vorrei tanto
esserlo.

a note on the masses

private hells made public
often puzzle the readers:
they wonder how this one
or that one
can endure and
continue.
well, there's a secret:
don't expect too
much of Humanity,
they have been
practicing hatred
for centuries,
it's passed down
refined and
perfected,
oh, they have become
very good at that—
their hatreds blossom
with ever more frequent
regularity.
our public hell creates a
private hell and
there is no hell
except on
earth.
once you accept
this premise
you will be free to
exist
on your own terms
and you will never
know loneliness

una nota sulle masse

gli inferni privati resi pubblici
spesso confondono i lettori:
ci si chiede come questa
o quell'altra persona
possa sopportare e
continuare.
be', un segreto c'è:
non aspettarti troppo
dal Genere Umano,
si è allenato
a esercitare odio
da secoli,
viene tramandato
raffinato e
perfezionato,
oh, sono diventati
molto bravi in questo –
il loro odio sboccia
con sempre più frequente
regolarità.
il nostro inferno pubblico crea un
inferno privato e
non c'è inferno
se non in
terra.
una volta accettata
questa premessa
sarai libero di
esistere
secondo le tue condizioni
e mai conoscerai
la solitudine

*and death will be as
nothing.
consider yourself
blessed in the
dark.*

e la morte sarà poca
cosa.
considerati
benedetto
nell'oscurità.

Postfazione
di Simona Viciani

> non c'è inferno
> se non in
> terra.

Questa raccolta di poesie, pubblicata postuma negli Stati Uniti nel 1997 su precise disposizioni dell'autore, ripercorre la vita di Bukowski dai dieci fino ai quarant'anni circa. Gli anni tribolati dei mille lavori degradanti, delle decine di lettere di rifiuto degli editori, delle nottate alcoliche sullo sgabello del bar concluse a suon di pugni nei vicoli sul retro, del ritorno a notte fonda alle squallide stanze ammobiliate e a quella fida bottiglia consolatoria che dilatava le ore e appannava sempre più il lucido sogno di diventare scrittore, rendendolo quasi un miraggio allucinatorio.

Spesso Bukowski utilizzava le poesie come bozzetti per futuri racconti o romanzi, a volte invece riproponeva le stesse vicende inserendo alcune varianti ("ma sì, so bene che sei stufo di sentirla ma che ne dici di un'ultima volta?" *pazzia totale*, p. 91).

Qui troviamo poesie che riprendono temi ed episodi descritti in diversi racconti e nei romanzi *Donne, Factotum, Panino al prosciutto*. Questa "serialità" ha permesso a Bukowski di conquistare un suo pubblico di lettori che non solo si affeziona ai suoi personaggi, ma anche alle loro vicende, confessate candidamente e al contempo brutalmente.

Nella prima sezione Bukowski interviene a gamba tesa nella sfera dei ricordi fin dal titolo – tratto dagli ultimi tre versi della poesia *burlesque* (p. 49) –, colmo di dolente rimpianto: "giovani così non lo saremmo più stati".

Nella prima poesia, *uomo di Dio*, con la consueta ironia l'autore ci descrive lo straniamento e l'isolamento di lui bambino, sempre alla ricerca di qualcosa in cui credere che lo "salvasse" dal quotidiano e dalla mediocrità.

Utilizzando espedienti stilistici molto efficaci, la duttilità e la metamorfosi linguistica, nel ritrarre se stesso e il suo amico Frank egli usa un linguaggio infantile ("ci chiedevamo se Dio c'è per davvero", p. 13), consentendoci di immedesimarci, di ritrovarci a nostra volta bambini.

Questa linearità e semplicità del verso permettono a Bukowski di arrivare dritto al cuore. In un'intervista del 1975 dirà in proposito: "Aprivi un libro e ti addormentavi, pura noia studiata a tavolino. Sembrava un maledetto imbroglio. Così ho pensato: schiudiamo e ripuliamo il verso – poter stendere un verso semplice come fosse una corda da bucato, e appenderci emozioni – humour e felicità – senza ingombri. Il verso semplice, fluente, e al tempo stesso sfruttare questo verso semplice per appenderci tutte queste cose – le risate, le tragedie, il bus che passa con il rosso. Tutto. È l'abilità di dire una cosa profonda in modo semplice".[*]

La ricerca della "salvezza" rimane infruttuosa anche tra i banchi di scuola, dove Bukowski continua a vivere una condizione di solitaria emarginazione ("peccato non vedere la bandiera ma la cosa migliore era di non dover vedere gli altri." p. 19). Il senso di vuoto non viene colmato neppure dagli amici, dalle bravate, dalle prime bevute o dalla la scoperta del "proibito" (*la donna che vomita*, p. 27, *burlesque*, p. 45).

L'anelito verso qualcosa in cui credere per tirare

---

[*] Charles Bukowski, *Il sole bacia i belli*, tr. it. di Simona Viciani, Feltrinelli, Milano 2014, p. 134.

avanti e del modello da seguire termina con la poesia *primo amore* (p. 51). Bukowski ha sedici anni e frequenta la biblioteca di Los Angeles dove divora avidamente decine di libri. Ed è qui che finalmente scopre i suoi supereroi, che avrebbero rappresentato "la sua unica speranza e via d'uscita": D.H. Lawrence, Dostoevskij, Turgenev, Gor'kij, A. Huxley, Sinclair Lewis, Ibsen, Shakespeare, Čechov, Jeffers, Thurber, Conrad Aiken e tutta "la banda" dei grandi. Anche questa è un'attività solitaria e proibita: "Mio padre detestava i libri e anche mia madre detestava i libri (perché mio padre detestava i libri)", e qualche verso più sotto, "LUCI SPENTE! urlava mio padre. allora prendevo la lampada del comodino e la piazzavo sotto le coperte e con il calore e la luce nascosta continuavo a leggere".

Nella poesia *campi scuola* (p. 63) trapelano il disprezzo per la guerra e il forte senso di non-appartenenza alla propria nazione: "ci stavano insegnando a ucciderci a vicenda ... (ci distinguevano i nastri colorati sui fucili). ma da tempo io avevo strappato il mio". Bukowski sarà arrestato dall'FBI a Filadelfia il 22 luglio 1944, in piena Seconda guerra mondiale, per renitenza alla leva e sarà tenuto diciassette giorni in prigione per non aver dichiarato i suoi spostamenti all'esercito (era il periodo in cui vagabondava per il paese). All'atto della scarcerazione non supererà (volutamente) l'esame psico-attitudinale e sarà dichiarato inabile al servizio militare.

Cosa penseranno i vicini? (p. 67) rappresenta uno spartiacque importante. È una poesia contro l'ottuso perbenismo dei genitori: dopo che Bukowski viene sbattuto fuori casa, si stabilisce in una catapecchia di compensato a Bunker Hill, omaggiando così un altro dei suoi miti letterari, John Fante, che in quella zona visse e scrisse alcuni dei suoi lavori, intitolando così anche un suo romanzo. In questa poesia sfata per l'ennesima volta una delle svariate leggende che gli furono attribuite negli anni, quella di essersi schierato con le frange estremiste di destra: "non ero schierato con nessun gruppo o ideologia. in realtà nell'insieme l'idea della vita e della gente mi ripugnava ma era più facile scroccare da bere a quelli di destra che alle vecchie nei bar" (p. 71).

Un particolare che mi ha colpito quando ho visionato i dattiloscritti inediti delle sue opere è che Bukowski correggeva pochissimo. I suoi scritti sembravano uno spartito mozartiano, le modifiche quasi assenti. La fase di rilettura consisteva per lui più che altro nell'emendare qualche svista di ortografia, ma per il resto tutto rimaneva pressoché uguale a come l'aveva pensato e scritto.

Questo felice slancio creativo e la straordinaria facilità di scrittura gli venivano da un talento naturale, unito a una dedizione che lo inchiodava ore e ore alla macchina da scrivere.

I suoi pensieri fluivano naturalmente sulla pagina, non annacquati da inutili verbosità e liberi da costrizioni di punteggiatura. Bukowski si definiva "fotografo della realtà", espressione che svela la potenza evocativa del poeta: i suoi versi vengono recepiti come immagini che si susseguono con il dischiudersi del verso.

La seconda sezione della raccolta è dedicata al periodo randagio, migliaia di miglia macinate sulle corriere Greyhound, inseguendo il sogno americano controcorrente: da Ovest a Est, con innumerevoli tappe e soggiorni di città in città per poi ritornare alla cara vecchia Los Angeles con il sogno e il morale a pezzi: l'avrebbero atteso oltre dieci anni di impiego all'ufficio postale, prima di diventare "scrittore a tempo pieno" nel 1970.

Ne *l'ispezione* (p. 141) e *da qualche parte in Texas* (p. 147) attraverso dialoghi fulminanti rivive il matrimonio con la ricca texana Barbara Fry, direttrice della rivista letteraria "Harlequin", affetta da deformità congenita (le mancavano due vertebre cervicali), che era stata una delle prime a pubblicare e ad apprezzare le poesie di Bukowski. Il loro rapporto all'inizio fu epistolare e quando Bukowski la sposò a Las Vegas nel 1955 non sapeva che lei fosse milionaria. Una volta giunti in Texas lo scoprì e in *l'ispezione* racconta il primo incontro con i suoceri non propriamente entusiasti del genero squattrinato e beone.

Dedica tre poesie alla morte del padre avvenuta nel dicembre 1958; la madre era mancata due anni prima. In *un ragazzo da 15 $ e una cassa da 1500 $* (p. 169) descrive i preparativi e il funerale; anche in questo caso lo scrittore-figlio soffre delle soffocanti ipocrisie di facciata ("un ragazzo da 15 $ e una cassa da 1500 $ quando tutti sapevano che figlio di puttana era stato", p. 171). Paradossale e grottesca la descrizione dell'amante del padre al termine della cerimonia funebre: "ecco lei che dopo aver baciato la testa morta di quel figlio di puttana, mi afferrava, mi baciava, singhiozzando mi ficcava la lingua in bocca riuscendo a dire, sei proprio identico a lui, e questo mi ha fatto incazzare". I nove versi che seguono sono iperdescrittivi, sorta di appunti di diario che tagliano la pagina come la lama affilata di un rasoio.

Indubbiamente la morte del padre ha marcato profondamente Bukowski, che negli anni ha dedicato molte pagine all'evento, raccontandoci due finali diversi della stessa giornata. Infatti, a volte invece che con la "stallona bionda" dell'ippodromo finisce a letto proprio con la sospirosa consolabilissima amante del padre, subito dopo il funerale, nella casa del defunto genitore, per giunta nel suo letto. Un estremo atto di dileggio contro il padre-carnefice, ma, forse, anche il grido per una drammatica e incolmabile assenza d'amore.

In *rosàrio* (p. 175) il lutto della perdita del padre si fa schermo della leale ironia sardonica di Bukowski: il rosario laico che gli dedica è un elenco degli stereotipati modi di dire del padre che ne mettono in luce la grettezza e la superficialità. Hank lancia al padre l'ultima sfida impari: "non ti chiedi dove vado a fare l'uovo adesso?" (p. 177). Racchiusa in questa domanda piena di rabbia e di disprezzo sta la chiave della poesia: le feroci e gratuite critiche del genitore al figlio, ridotte all'insignificanza alla luce dell'ineluttabilità della morte.

La trilogia dei componimenti sulla morte del padre si

conclude con *il buio ammiccante* (p. 179), una poesia riflessiva, scritta a distanza dall'evento. Quando muore il padre, Bukowski ha trentotto anni, e con il genitore se ne vanno le sue "radici" e parte della sua storia (tolte le cugine e il vecchio zio Heinrich che incontrerà soltanto una volta, novantenne, negli anni settanta ad Andernach, città natale dello scrittore). Anche se non vuole ammetterlo, la morte del padre l'ha letteralmente "toccato": la morte si presenta infatti con gambe, occhi, barba e bisogni terreni (l'irriverente e interlocutorio "ti va di bere qualcosa?", p. 183), una presenza incombente e inquietante che lo accompagna anche all'ippodromo ("e la morte era sempre lì che osservava ... mi era seduta di fianco camuffata da vecchio con la barba incolta", p. 179; "poi la porta si è aperta e la morte è entrata", p. 183); le rinfaccia anche la sua triste opera ("hai ucciso Dostoevskij ... hai fatto sì che Van Gogh si sparasse ... brutta figlia di puttana, stai alla larga da me ... te l'ho detto, vai fuori dai coglioni!", p. 179).

L'acme della poesia si raggiunge con l'incidente in autostrada sulla via di casa all'uscita dell'ippodromo, con il terrore dello scrittore per la casualità della morte e la caducità della vita ("fiamme cominciavano a scoccare da sotto al cofano, luci rosse arrivavano lampeggiando e dentro le mie viscere qualcosa si ritorceva e mi sconquassava", p. 181). Gli ultimi sei versi della poesia ("sono andato in cucina a vedere se c'era da bere. i secoli mi scorrevano davanti. mentre lei era lì che aspettava", p. 183) sono un tipico esempio di poetica bukowskiana: un'azione banale, quotidiana, terrena, si mischia al soprannaturale, e le immagini incisive lasciano trapelare come la morte del padre l'abbia in realtà segnato nell'intimo ("i secoli mi scorrevano davanti").

Il libro si conclude con una poesia-manifesto, *una nota sulle masse*, dove Bukowski con aperto sarcasmo infligge duri colpi al tanto disprezzato "Genere Umano, si è allenato a esercitare odio da secoli", proseguendo: "non c'è inferno se non in terra. una volta accettata questa premessa sarai libero di esistere" (p. 191).

In nuce, tra questi versi, c'è la massima del pensiero bukowskiano: non aspettarsi nulla, per non rimanere feriti dagli altri e dalla vita quando alla resa dei conti non si riceverà nulla, non dipendere da niente e da nessuno per essere liberi di spiccare il volo.

Indice

QUANDO ERAVAMO GIOVANI

GIOVANI COSÌ NON LO SAREMMO PIÙ STATI

11	uomo di Dio
19	non normale
23	i classici
27	la donna che vomita
37	figlio della Depressione
45	burlesque
51	primo amore
57	montagna
63	campi scuola
67	cosa penseranno i vicini?
75	il cerchio si chiude

LA STRADA MAESTRA DI VITA

79	un posto a Filadelfia
83	la "Kenyon Review" e altre faccende
87	gran serata in città
91	pazzia totale
101	vita da vagabondo
107	la società dovrebbe rendersi conto che...
111	pazzo furioso
115	nazi
119	16 proiettili di mitragliatrice Jap
123	il mio sgabello da bar
135	gioco di specchi

139	pinocchio, pinocchio, ti cresce il naso!
141	l'ispezione
147	da qualche parte in Texas
151	ragazzo di città
159	quella strana mattina fuori dal bar
169	un ragazzo da 15 $ e una cassa da 1500 $
175	rosario
179	il buio ammiccante
185	due pazzi
191	una nota sulle masse
195	*Postfazione* di Simona Viciani